外傭廣東話秘笈

李兆麟
編著

Cantonese for Domestic Helpers

序言 Preface

　　粵語是香港的常用語言，外傭在香港工作都需要用上粵語。本書以新來港外傭為寫作目標，針對外傭的工作需要，希望通過不同的主題帶出外傭工作用語和詞彙，並設定常見生活場景的語言技巧訓練，如：照顧長者、照顧兒童和買餸煮飯等，訓練外傭在工作上運用粵語，達到工作目標，加快適應工作。本書適合外傭自學，也適合僱主或僱傭公司作培訓之用。

　　全書共八課，介紹了八大主題，每個主題下面均設計生活情景的會話，以精簡會話配合大量實用詞彙和活用短句幫助外傭學習日常工作用語，教會外傭如何處理相關工作。每課分為三個部分：

　　情景對話：以精簡的對話帶出工作場景的語言技巧和合適用語。

　　實用詞彙：列出不同主題的實用詞彙。

　　活用短句：分類列出實用短句。

　　本書是一本有聲書，每課均附有粵語拼音和錄音，供外傭學習在不同場景中運用粵語而完成工作。全書以香港語言學會開發的粵語拼音方案（粵拼）為注音。

Cantonese is a major language used in Hong Kong. Domestic helpers working in Hong Kong need to use Cantonese to handle their working tasks. This book is written for domestic helpers start working in Hong Kong and focuses on the language needs at work, uses different themes to introduce vocabulary items and phrases in working scenarios. This book sets up scenarios, such as "taking care of elderly", "taking care of children", "buying ingredients and cooking", etc. This book also trains domestic helpers to use Cantonese at work and help them learn Cantonese and adapt to work as soon as possible. This book can be used by domestic helpers for self-learning, as well as by employers or agencies for pre-service and on-the-job language training.

This book consists of 8 lessons with 8 themes. Each theme contains short conversations with a large number of useful vocabulary and phrases. The conversations, vocabulary and phrases are highly related to domestic helpers' work. There are 3 parts in each lesson:

Language scenario: conversations contain appropriate use of language.

Useful vocabulary: vocabulary lists relating to different themes.

Useful sentence: sentence lists under different categories.

This book is an audiobook. Each lesson provides jyutping Cantonese romanization, English translation and audio files for learners to use.

目錄 Contents

照顧兒童篇 Taking care of children

飲食篇 Eating

Foundation and basics

基礎篇

💬 1. 常用單詞 Useful vocabulary

🎧 a101.mp3

thank you (for gift) do¹ ze⁶ 多　謝	excuse me m⁴　goi¹ 唔　該	good morning zou²　san⁴ 早　晨
good afternoon ng⁵　on¹ 午　安	good night (before sleep) maan⁵　on¹ 晚　安	no need to thank m⁴ sai² do¹ ze⁶ 唔 使 多 謝
my pleasure m⁴ sai² m⁴ goi¹ 唔 使 唔 該	sorry deoi³ m⁴ zyu⁶ 對 唔 住	sorry / excuse me m⁴ hou² ji³ si¹ 唔 好 意 思
never mind (you are welcome) m⁴ gan² jiu³ 唔 緊 要	no need m⁴ sai² laa³ 唔 使 喇	don't want m⁴ jiu³ laa³ 唔 要 喇
no problem mou⁵ man⁶ tai⁴ 冇 問 題	understand ming⁴　baak⁶ 明　白	understand zi¹　dou³ 知　道
happy birthday saang¹ jat⁶ faai³ lok⁶ 生 日 快 樂	happy new year san¹ nin⁴ faai³ lok⁶ 新 年 快 樂	happy Chinese new year gung¹ hei² faat³ coi⁴ 恭 喜 發 財
bill please maai⁴ daan¹ 埋　單	see you tomorrow ting¹ jat⁶ gin³ 聽 日 見	Sir sin¹ saang¹ 先　生
Madam taai³ taai² 太　太	Brother go⁴ go¹ 哥　哥	Sister ze⁴ ze¹ 姐　姐

● 2. 常用短句 Useful sentences

🎧 a201.mp3

How are you? nei⁵hou²maa³ 你 好 嗎 ？	How are you recently? zeoi³ gan⁶ dim² aa³ 最 近 點 呀 ？
Where is ...? ... hai² bin¹ dou⁶ … 喺 邊 度 ？	What time is it now? ji⁴ gaa¹ gei² dim² aa³ 而 家 幾 點 呀 ？
What is your name? nei⁵ giu³ mat¹ je⁵ meng² aa³ 你 叫 乜 嘢 名 呀 ？	
My name is ... ngo⁵ giu³ zou⁶ 我 叫 做 …	How much? gei² do¹ cin² aa³ 幾 多 錢 呀 ？
Cheaper, ok? peng⁴ di¹ dak¹ m⁴ dak¹ aa³ 平 啲 得 唔 得 呀 ？	
No need, thanks. m⁴ sai² laa³ , m⁴ goi¹ 唔 使 喇 ， 唔 該 ！	
Please give this one to me. m⁴ goi¹ bei² ni¹ go³ ngo⁵ 唔 該 俾 呢 個 我 。	
Please give that one for me to have a look. m⁴ goi¹ bei² go² go³ ngo⁵ tai² haa⁵ 唔 該 俾 嗰 個 我 睇 吓 。	

Sorry, I don't understand, could you please say again.

deoi³	m⁴	zyu⁶		ngo⁵	m⁴	ming⁴	baak⁶	
對	唔	住	，	我	唔	明	白	，

m⁴	goi¹	nei⁵	zoi³	gong²	jat¹	ci³	
唔	該	你	再	講	一	次	。

Transportation

交通篇

💬 1. 買八達通 Buying Octopus cards

🎧 b101.mp3

> Helper: I need one Octopus card. (I would like to have one Octopus card.)

$$ngo^5 \quad jiu^3 \quad jat^1 \quad zoeng^1 baat^3 daat^6 tung^1$$

我　要　一　❶　張　八　達　通　。

> MTR staff: One hundred fifty dollars. Fifty dollars for deposit.(One hundred fifty dollars please. Fifty dollars are for deposit.)

港鐵職員

$$jat^1 baak^3 ng^5 \quad sap^6 \quad man^1$$

一　百　五　十　❶　蚊　。

$$ng^5 \quad sap^6 man^1 on^3 gam^1$$

五　十　蚊　按　金　。

| ❶ **數字 Number** *只要把詞彙代入＿＿❶ 就可以造句 (Make sentences by substituting vocabulary items in ＿＿ ❶)

🎧 b102.mp3

1 jat^1	2 ji^6	3 $saam^1$	4 sei^3	5 ng^5
6 luk^6	7 cat^1	8 $baat^3$	9 gau^2	10 sap^6
15 $sap^6 ng^5$	20 $ji^6 sap^6$	50 $ng^5 sap^6$	100 $jat^1 baak^3$	110 $baak^3 jat^1$

120 baak³ ji⁶	130 baak³ saam¹	140 baak³ sei³	150 baak³ ng⁵	160 baak³ luk⁶
170 baak³ cat¹	180 baak³ baat³	190 baak³ gau²	200 ji⁶ baak³	250 ji⁶ baak³ ng⁵
300 saam¹ baak³	400 sei³ baak³	500 ng⁵ baak³	600 luk⁶ baak³	700 cat¹ baak³
800 baat³ baak³	900 gau² baak³	1000 jat¹ cin¹		

2. 搭港鐵 Taking MTR

🎧 b201.mp3

Helper: Excuse me, how to go to Tai Wo Hau Station?(Excuse me, can you show me the way to Tai Wo Hau Station?)

cing² man⁶　Daai⁶ Wo¹ Hau² Zaam³　dim² heoi³ aa³

請 問 ， 大 窩 口 站 ❶ 點 去 呀 ？

Passerby: You need to change Tsuen Wan Line in Prince Edward Station.(You need to take another train on Tsuen Wan Line at Prince Edward Station.)

nei⁵ jiu³ hai² Taai³ Zi² Zaam³　zyun³ Cyun⁴ Waan¹ sin³

你 要 喺 太 子 站 ❶ 轉 荃 灣 線 ❷ 。

❶ 港鐵站 MTR station ＊只要把詞彙代入＿＿＿❶ 就可以造句

(Make sentences by substituting vocabulary items in ＿＿＿❶)

Gei¹coeng⁴faai³sin³
機 場 快 線　Airport Express

🎧 b202.mp3

Airport Gei¹coeng⁴ 機 場	Tsing Yi Cing¹ ji¹ 青 衣	Kowloon Gau²lung⁴ 九 龍	Hong Kong Hoeng¹gong² 香 港

Dung¹cung¹sin³
東 涌 線　Tung Chung Line

🎧 b203.mp3

Tung Chung Dung¹cung¹ 東 涌	Sunny Bay Jan¹ ou³ 欣 澳	Tsing Yi Cing¹ ji¹ 青 衣	Lai King Lai⁶ging² 荔 景
Nam Cheong Naam⁴coeng¹ 南 昌	Olympic Ou³ wan⁶ 奧 運	Kowloon Gau²lung⁴ 九 龍	Hong Kong Hoeng¹gong² 香 港

Gong²dou²sin³
港 島 線　Island Line

🎧 b204.mp3

Kennedy Town Gin¹nei⁴dei⁶sing⁴ 堅 尼 地 城	HKU Hoeng¹gong²daai⁶hok⁶ 香 港 大 學	Sai Ying Pun Sai¹ jing⁴ pun⁴ 西 營 盤
Sheung Wan Soeng⁶ wan⁴ 上 環	Central Zung¹ waan⁴ 中 環	Admiralty Gam¹ zung¹ 金 鐘

Wan Chai Waan¹ zai² 灣　仔	Causeway Bay Tung⁴ lo⁴ waan¹ 銅　鑼　灣	Tin Hau Tin¹　hau⁶ 天　后
Fortress Hill Paau³ toi⁴ saan¹ 炮　台　山	North Point Bak¹　gok³ 北　角	Quarry Bay Zak¹ jyu⁴ cung¹ 鰂　魚　涌
Tai Koo Taai³　gu² 太　古	Sai Wan Ho Sai¹ waan¹ ho² 西　灣　河	Shau Kei Wan Saau¹ gei¹ waan¹ 筲　箕　灣
Heng Fa Chuen Hang⁶ faa¹ cyun¹ 杏　花　邨	Chai Wan Caai⁴ waan¹ 柴　灣	

Gun¹ tong⁴ sin³
觀　塘　線　　Kwun Tong Line

🎧 b205.mp3

Tiu Keng Leng Tiu⁴ ging² ling⁵ 調　景　嶺	Yau Tong Jau⁴ tong⁴ 油　塘	Lam Tin Laam⁴ tin⁴ 藍　田
Kwun Tong Gun¹ tong⁴ 觀　塘	Ngau Tau Kok Ngau⁴ tau⁴ gok³ 牛　頭　角	Kowloon Bay Gau² lung⁴ waan¹ 九　龍　灣
Choi Hung Coi² hung⁴ 彩　虹	Diamond Hill Zyun³ sek³ saan¹ 鑽　石　山	Wong Tai Sin Wong⁴ daai⁶ sin¹ 黃　大　仙
Lok Fu Lok⁶　fu³ 樂　富	Kowloon Tong Gau² lung⁴ tong⁴ 九　龍　塘	Shek Kip Mei Sek⁶ gip³ mei⁵ 石　硤　尾

Prince Edward Taai³ zi² 太 子	Mongkok Wong⁶ gok³ 旺 角	Yau Ma Tei Jau⁴ maa⁴ dei² 油 麻 地
Ho Man Tin Ho⁴ man⁴ tin⁴ 何 文 田	Whampoa Wong⁴ bou³ 黃 埔	

Cyun⁴ waan¹ sin³
荃 灣 線　Tsuen Wan Line

🎧 b206.mp3

Tsuen Wan Cyun⁴ waan¹ 荃 灣	Tai Wo Hau Daai⁶ wo¹ hau² 大 窩 口	Kwai Hing Kwai⁴ hing¹ 葵 興
Kwai Fong Kwai⁴ fong¹ 葵 芳	Lai King Lai⁶ ging² 荔 景	Mei Foo Mei⁵ fu¹ 美 孚
Lai Chi Kok Lai⁶ zi¹ gok³ 荔 枝 角	Cheung Sha Wan Coeng⁴ saa¹ waan⁴ 長 沙 灣	Sham Shui Po Sam¹ seoi² bou² 深 水 埗
Prince Edward Taai³ zi² 太 子	Mongkok Wong⁶ gok³ 旺 角	Yau Ma Tei Jau⁴ maa⁴ dei² 油 麻 地
Jordan Zo² doen¹ 佐 敦	Tsim Sha Tsui Zim¹ saa¹ zeoi² 尖 沙 咀	Admiralty Gam¹ zung¹ 金 鐘
Central Zung¹ waan⁴ 中 環		

Dung¹ tit³ sin³
東 鐵 線　East Rail Line

🎧 b207.mp3

Lok Ma Chau Lok⁶maa⁵zau¹ 落 馬 洲	Lo Wu Lo⁴　wu⁴ 羅 湖	Sheung Shui Soeng⁶ seoi² 上 水
Fanling Fan² leng⁵ 粉 嶺	Tai Wo Taai³ wo⁴ 太 和	Tai Po Market Daai⁶bou³heoi¹ 大 埔 墟
University Daai⁶ hok⁶ 大 學	Racecourse Maa⁵coeng⁴ 馬 場	Fo Tan Fo²　taan³ 火 炭
Sha Tin Saa¹　tin⁴ 沙 田	Tai Wai Daai⁶ wai⁴ 大 圍	Kowloon Tong Gau²lung⁴tong⁴ 九 龍 塘
Mongkok East Wong⁶gok³dung¹ 旺 角 東	Hung Hom Hung⁴ham³ 紅 磡	

Sai¹ tit³ sin³
西 鐵 線　West Rail Line

🎧 b208.mp3

Tuen Mun Tyun⁴ mun⁴ 屯 門	Siu Hong Siu⁶ hong¹ 兆 康	Tin Shui Wai Tin¹ seoi² wai⁴ 天 水 圍
Long Ping Long⁵ ping⁴ 朗 屏	Yuen Long Jyun⁴ long⁵ 元 朗	Kam Sheung Road Gam²soeng⁶lou⁶ 錦 上 路

Tsuen Wan West Cyun⁴waan¹sai¹ 荃 灣 西	Mei Foo Mei⁵ fu¹ 美 孚	Nam Cheong Naam⁴coeng¹ 南 昌
Austin O¹ si⁶ din¹ 柯 士 甸	East Tsim Sha Tsui Zim¹ dung¹ 尖 東	Hung Hom Hung⁴ ham³ 紅 磡

Maa⁵ on¹ saan¹ sin³

馬 鞍 山 線　Ma On Shan Line

🎧 b209.mp3

Wu Kai Sha Wu¹ kai¹ saa¹ 烏 溪 沙	Ma On Shan Maa⁵ on¹ saan¹ 馬 鞍 山	Heng On Hang⁴ on¹ 恆 安
Tai Shui Hang Daai⁶seoi²haang¹ 大 水 坑	Shek Mun Sek⁶ mun⁴ 石 門	City One Dai⁶ jat¹ sing⁴ 第 一 城
Sha Tin Wai Saa¹ tin⁴ wai⁴ 沙 田 圍	Che Kung Temple Ce¹gung¹miu⁶ 車 公 廟	Tai Wai Daai⁶ wai⁴ 大 圍

Naam⁴gong²dou²sin³

南 港 島 線　South Island Line

🎧 b210.mp3

Admiralty Gam¹ zung¹ 金 鐘	Ocean Park Hoi²joeng⁴gung¹jyun⁵ 海 洋 公 園	Wong Chuk Hang Wong⁴zuk¹haang¹ 黃 竹 坑
Lei Tung Lei⁶ dung¹ 利 東	South Horizons Hoi²ji⁴ bun³dou² 海 怡 半 島	

❷ 港鐵路線 MTR Lines [*]只要把詞彙代入____ ❷ 就可以造句

(Make sentences by substituting vocabulary items in ____ ❷)

🎧 b211.mp3

Airport Express Gei¹coeng⁴faai³sin³ 機 場 快 線	Disneyland Line Dik⁶ si³ nei⁴ sin³ 迪 士 尼 線	Tung Chung Line Dung¹cung¹ sin³ 東 涌 線
Island Line Gong²dou²sin³ 港 島 線	Kwun Tong Line Gun¹tong⁴sin³ 觀 塘 線	Tsuen Wan Line Cyun⁴waan¹sin³ 荃 灣 線
East Rail Line Dung¹tit³ sin³ 東 鐵 線	West Rail Line Sai¹ tit³ sin³ 西 鐵 線	Ma On Shan Line Maa⁴on¹saan¹sin³ 馬 鞍 山 線
South Island Line Naam⁴gong²dou²sin³ 南 港 島 線	Light Rail Hing¹ tit³ 輕 鐵	

常用短句 Useful sentences____ [*]為可替換詞彙。(Substituting vocabulary items in the ____)

🎧 b212.mp3

Helper: Is this car going to Sheung Shui Station?(Is this train going to Sheung Shui Station?)

外傭

ni¹ gaa³ ce¹ hai⁶ m⁴ hai⁶ heoi³ Soeng⁶Seoi²Zaam³ gaa³
呢 架 車 係 唔 係 去 上 水 站 㗎 ?

Passerby: Yes./ No, you need to go to the opposite platform.

 路人

Hai⁶ aa³   M⁴ hai⁶
係 呀 。 / 唔 係 ，

nei⁵ jiu³ heoi³deoi³ min⁶ (jyut⁶ toi⁴) co⁵
你 要 去 對 面 （ 月 台 ） 坐 。

💬 3. 搭小巴 Taking minibuses

🎧 b301.mp3

Maid: Is this car going to Mongkok?

 外傭

ni¹ gaa³ ce¹ heoi³ m⁴ heoi³Wong⁶Gok³gaa³
呢 架 車 去 唔 去 旺 角 㗎 ？

Minibus driver: This car stop/ does not stop at Mongkok.

 小巴司機

ni¹ gaa³ ce¹ ting⁴ / m⁴ ting⁴Wong⁶Gok³
呢 架 車 停 / 唔 停 旺 角 。

常用短句 Useful sentences* ＿＿＿ 為可替換詞彙。(Substituting vocabulary items in ＿＿＿)

🎧 b302.mp3

Get off in front. (get off in nearest stop.)

cin⁴ min⁶ jau⁴ lok⁶
前 面 有 落 。

Get off in the corner. (get off after the turn.)

zyun³waan¹jau⁵lok⁶
轉 彎 有 落 。

Get off in front of the bank.

ngan⁴hong⁴ cin⁴ min⁶ jau⁵ lok⁶
銀 行 ❶ 前 面 有 落 。

(I want to) get off.

jau⁵ lok⁶
有 落 。

▎地點 Places

🎧 b303.mp3

train station	MTR station	bus stop
fo² ce¹ zaam⁶	gong² tit³ zaam⁶	baa¹ si² zaam⁶
火 車 站	港 鐵 站	巴 士 站
super market	wet market	convenient store
ciu¹kap¹ si⁵coeng⁴	gaai¹ si⁵	bin⁶ lei⁶ dim³
超 級 市 場	街 市	便 利 店
hosptial	school	car park
ji¹ jyun²	hok⁶ haau⁶	ting⁴ ce¹ coeng⁴
醫 院	學 校	停 車 場

💬 4. 搭巴士 Taking buses

🎧 b401.mp3

Helper: Excuse me, going to Queen Elizabeth Hospital what number of bus should I take?(Excuse me, what bus should I take to go to Queen Elizabeth Hospital?)

cing² man⁶ heoi³　Ji¹　Lei⁶　Saa¹ Baak³　Ji¹　Jyun²
請　問　去　伊　利　沙　伯　醫　院　❶

jiu³　co⁵　gei²　hou⁶ baa¹　si²
要　坐　幾　號　巴　士　?

Passerby: You can take 103 numbered bus.(You can take 103 bus.)

nei⁵　ho²　ji⁵　daap³ jat¹　ling⁴ saam¹　　hou⁶ baa¹　si²
你　可　以　搭　1　0　3　❷　號　巴　士　。

| ❶ 主要醫院 Major hospitals * 只要把詞彙代入＿＿＿ ❶ 就可
以造句 (Make sentences by substituting vocabulary items in ＿＿＿ ❷)

Hoeng¹ Gong² Dou²
香　港　島　Hong Kong Island

🎧 b402.mp3

Alice Ho Miu Ling Nethersole Hospital Naa⁴ Daa² Sou³　Ji¹　Jyun² 那　打　素　醫　院	Tang Shiu Kin Hospital Dang³ Siu⁶ Gin¹　Ji¹　Jyun² 鄧　肇　堅　醫　院
Ruttonjee Hospital Leot⁶ Deon¹ Zi⁶　Ji¹　Jyun² 律　敦　治　醫　院	Queen Mary Hospital Maa⁵ Lai⁶　Ji¹　Jyun² 瑪　麗　醫　院

Canossa Hospital Gaa¹ Nok⁶ Saat³ Ji¹ Jyun² 嘉 諾 撒 醫 院	Matilda International Hospital Ming⁴Dak¹ Ji¹ Jyun² 明 德 醫 院
Hong Kong Adventist Hospital Gong²On¹ Ji¹ Jyun² 港 安 醫 院	St. Pauls Hospital Sing³Bou² Luk⁶ Ji¹ Jyun² 聖 保 祿 醫 院
Hong Kong Sanatorium and Hospital Joeng⁵Wo⁴ Ji¹ Jyun² 養 和 醫 院	

Gau² Lung⁴

九 龍　Kowloon

 b403.mp3

Queen Elizabeth Hospital (QE) Ji¹　Lei⁶　Saa¹　Baak³　Ji¹　Jyun² 伊　利　沙　伯　醫　院	
Kwong Wah Hospital Gwong²Waa⁴Ji¹ Jyun² 廣 華 醫 院	Kowloon Hospital Gau²Lung⁴ Ji¹ Jyun² 九 龍 醫 院
Tseung Kwan O Hospital Zoeng¹Gwan¹Ou³ Ji¹ Jyun² 將 軍 澳 醫 院	Princess Margaret Hospital Maa⁵Gaa¹ Lit⁶ Ji¹ Jyun² 瑪 嘉 烈 醫 院
Caritas Medical Centre Ming⁴ Oi³　Ji¹ Jyun² 明 愛 醫 院	Yan Chai Hospital Jan⁴ Zai³　Ji¹ Jyun² 仁 濟 醫 院

Kwai Chung Hospital Kwai⁴Cung¹ Ji¹ Jyun² 葵 涌 醫 院	Precious Blood Hospital Bou²Hyut³ Ji¹ Jyun² 寶 血 醫 院
St. Teresa's Hospital Sing³Dak¹Laak³Saak³Ji¹Jyun² （Faat³Gwok³Ji¹Jyun²） 聖 德 肋 撒 醫 院 （ 法 國 醫 院 ）	
Hong Kong Baptist Hospital Zam³ Wui² Ji¹ Jyun² 浸 會 醫 院	Evangel Hospital Bo³ Dou⁶ Ji¹ Jyun² 播 道 醫 院

San¹ Gaai³
新 界　New Territories

🎧 b404.mp3

Prince of Wales Hospital Wai¹　Ji⁵　Si¹　Can¹　Wong⁴　Ji¹　Jyun² 威　爾　斯　親　王　醫　院	
Shatin Hospital Saa¹ Tin⁴ Ji¹ Jyun² 沙 田 醫 院	Tai Po Hospital Daai⁶Bou³ Ji¹ Jyun² 大 埔 醫 院
Union Hospital Saa¹　Tin⁴　Jan⁴　On¹　Ji¹　Jyun² 沙　田　仁　安　醫　院	
North District Hospital Bak¹ Keoi¹ Ji¹ Jyun² 北 區 醫 院	Tuen Mun Hospital Tyun⁴Mun⁴ Ji¹ Jyun² 屯 門 醫 院

Pok Oi Hospital	Tin Shui Wai Hospital
Bok^3 Oi^3 Ji^1 Jyun^2	Tin^1 Seoi^2 Wai^4 Ji^1 Jyun^2
博 愛 醫 院	天 水 圍 醫 院

Hong Kong Adventist Hospital – Tsuen Wan
Cyun^4 Waan^1 Gong^2 On^1 Ji^1 Jyun^2
荃 灣 港 安 醫 院

❷ 巴士號碼 Bus number

*只要把詞彙代入＿＿＿＿ ❷ 就可以造句 (Make sentences by substituting vocabulary items in ＿＿＿ ❷)

🎧 b405.mp3

1 jat^1	2 ji^6	3 saam^1	4 sei^3	5 ng^5
6 luk^6	7 cat^1	8 baat^3	9 gau^2	10 sap^6
11 sap^6 jat^1	26 ji^6 sap^6 luk/ jaa^6 luk^6	39B saam^1 sap^6 gau^2 B	A41 A sei^3 sap^6 jat^1	103 jat^1 ling^4 saam^1
113 jat^1 jat^1 saam^1	905 gau^2 ling^4 ng^5	609 luk^6 ling^4 gau^2		

PS: For three-digit bus numbers, just say number by number, for examples, 103: jat^1 ling^4 saam^1 (one zero three).

常用短句 Useful sentences *_____ 為可替換詞彙。(Substituting vocabulary items in _____)

🎧 b406.mp3

Helper: Is this bus going to Shatin Hospital?

ni¹ gaa³ hai⁶ m⁴ hai⁶ heoi³ Saa¹ Tin⁴ Ji¹ Jyun²
呢 架 係 唔 係 去 沙 田 醫 院

ge³ baa¹ si² aa³
嘅 巴 士 呀 ？

Passerby/ bus driver: Yes./ No.

hai⁶ aa³ m⁴ hai⁶ aa³
係 呀 。/ 唔 係 呀 。

💬 5. 問路 Asking for direction

🎧 b501.mp3

Helper: Excuse me, where is the MTR station? (Excuse me, where is the nearest MTR station?)

cing² man⁶ gong² tit³ zaam³ hai² bin¹ dou⁶ aa³
請 問 ， 港 鐵 站 ❶ 喺 邊 度 呀 ？

Passerby: In front, turn left, then arrive.(Go straight and then turn left, there is a MTR station.)

cin⁴ min⁶　zyun³ zo²　zau⁶ dou³ laak³
前　面　❷ 轉　左　❷ 就　到　喇　。

Helper: thanks.

M⁴ goi¹
唔　該　。

❶ 地點 Place *只要把詞彙代入____❶ 就可以造句 (Make sentences by substituting vocabulary items in ____❶)

 b502.mp3

MTR station gong² tit³ zaam⁶ 港　鐵　站	bus stop baa¹ si² zaam⁶ 巴　士　站	minibus station siu² baa¹zaam⁶ 小　巴　站
taxi stand dik¹ si² zaam⁶ 的　士　站	super market ciu¹kap¹ si⁵coeng⁴ 超　級　市　場	wet market gaai¹ si⁵ 街　市
convenient store bin⁶ lei⁶ dim³ 便　利　店	toilet sai² sau²gaan¹ 洗　手　間	exit ceot¹ hau² 出　口
entrance jap⁶ hau² 入　口	hospital ji¹ jyun² 醫　院	school hok⁶ haau⁶ 學　校
bank ngan⁴hong⁴ 銀　行	car park ting⁴ ce¹ coeng⁴ 停　車　場	

❷ 位置 Location ＊只要把詞彙代入＿＿＿ ❷ 就可以造句。(Make sentences by substituting vocabulary items in ＿＿ ❷)

🎧 b503.mp3

in front cin[4]　cin[4]min[6] 前 / 前 面	back hau[6]　hau[6]min[6] 後 / 後 面	left/ left side zo[2]　zo[2]min[6] 左 / 左 面
right/ right side jau[6]　jau[6]min[6] 右 / 右 面	above/on top of soeng[6] soeng[6]min[6] 上 / 上 面	below/under haa[6]　haa[6]min[6] 下 / 下 面
inside jap[6] min[6]　jap[6] bin[6]　leoi[5] min[6]　leoi[5] bin[6] 入　面 / 入　便 / 裏　面 / 裏　便		
outside ceot[1] min[6]　ceot[1] bin[6]　ngoi[6] min[6]　ngoi[6] bin[6] 出　面 / 出　便 / 外　面 / 外　便		
next/nearby pong[4] bin[1] 旁　邊	here ni[1]　dou[6] 呢　度	there go[2]　dou[6] 嗰　度
where bin[1]　dou[6] 邊　度		

●●6. 尋失物 Lost and found

🎧 b601.mp3

Helper: I lose my purse.

ngo⁵ m⁴ gin³ zo² ngan⁴baau¹
我 唔 見 咗 <u>銀 包</u> ❶ 。

Staff: What colour? (What colour is the purse?)

mat¹ je⁵ sik¹ gaa³
乜 嘢 色 㗎 ？

Helper: Red. (It is red.)

hung⁴sik¹
<u>紅 色</u> ❷ 。

Staff: What is inside?

jap⁶ min⁶ jau⁵ mat¹ je⁵ aa³
入 面 有 乜 嘢 呀 ？

Helper: Have 300 dollars and an Octopus card.(There are 300 dollars and an Octopus card.)

jau⁵ saam¹baak³ man¹ tung⁴baat³daat³tung¹
有 三 百 蚊 同 <u>八 達 通</u> ❶ 。

❶ 物品 Objects
* 只要把詞彙代入＿＿＿ ❶ 就可以造句（Make sentences by substituting vocabulary items in ＿＿＿ ❶ ）

🎧 b602.mp3

purse/wallet ngan⁴ baau¹ 銀　包	handbag sau² doi² 手　袋	mobile phone sau² gei¹ 手　機
Octopus baat³ daat³ tung¹ 八　達　通	passport wu⁶　ziu³ 護　照	Identity card san¹ fan² zing³ 身　份　證

❷ 顏色 Colour
* 只要把詞彙代入＿＿＿ ❷ 就可以造句（Make sentences by substituting vocabulary items in ＿＿＿ ❷ ）

🎧 b603.mp3

black (colour) hak¹　sik¹ 黑　色	white (colour) baak⁶　sik¹ 白　色	blue (colour) laam⁴　sik¹ 藍　色
green (colour) luk⁶　sik¹ 綠　色	yellow (colour) wong⁴　sik¹ 黃　色	purple (colour) zi²　sik¹ 紫　色
coffee (colour) (brown (colour)) gaa³ fe¹ sik¹ 咖　啡　色	rice (colour) (beige (colour)) mai⁵　sik¹ 米　色	pastel red (pink (colour)) fan² hung⁴ sik¹ 粉　紅　色
light red (colour) cin² hung⁴ sik¹ 淺　紅　色	deep red (colour) sam¹ hung⁴ sik¹ 深　紅　色	

Home ①

家居篇 ①

1. 清潔廚房 Cleaning the kitchen

🎧 c101.mp3

情境一 (Scene 1)

Sir: Help me to clean the kitchen. Need to wash vent hood, stove and wipe the cooktop.(Help me to clean the kitchen. You need to wash vent hood, stove and wipe the cooktop.)

bong¹ngo⁵cing¹ git³ cyu⁴fong² jiu³ sai²
幫 我 清 潔 廚 房 。 要 洗

cau¹ jau⁴ jin¹ gei¹ zyu² sik⁶ lou⁴
抽 油 煙 機 ❶ 、 煮 食 爐 ❶

tung⁴maat³ zou³ toi⁴
同 抹 灶 台 ❶ 。

Helper: Understand, Sir. (Yes, Sir.)

Ming⁴baak⁶ sin¹saang¹
明 白 ， 先 生 。

❶ 廚具 Kitchen furniture and appliances *只要把詞彙
代入＿＿＿❶ 就可以造句 (Make sentences by substituting vocabulary items in ＿＿＿ ❶)

🎧 c102.mp3

kitchen cabinet cyu^4 gwai^6 廚 櫃	sink sing^1 pun^2 鋅 盤	pendant light diu^3 dang^1 吊 燈
refrigerator syut^3 gwai^6 雪 櫃	microwave mei^4 bo^1 lou^4 微 波 爐	oven guk^6 lou^4 焗 爐
toaster do^1 si^2 lou^4 多 士 爐	blender gaau^{2}bun^6 gei^1 攪 拌 機	wok wok^6 鑊
kettle jit^6 seoi^2 wu^2 熱 水 壺	water pot seoi bou^1 水 煲	pot bou^1 煲
frying pan zin^1 peng^1　　ping^4 dai^2 wok^6 煎 pan ／ 平 底 鑊		

▋ 情境二 (Scene 2)

🎧 c103.mp3

Sir: Help me to go to supermarket to buy something. Need plastic wrap, compact bags and can opener.(Helpe me to buy something in the supermarket. We need plastic wrap, compact bags and a can opener.)

先生

bong^{1}ngo^{5}heoi^{3}ciu^1 kap^1 si^5 coeng^{4}maai^{5}di^1 je^5
幫 我 去 超 級 市 場 買 啲 嘢 。

jiu^3 bou^2 sin^1 zi^2　　　mat^6 sat^6 doi^2
要 保 鮮 紙 ❶ 、 密 實 袋 ❶

tung^{4}gun^3 tau^2 dou^1
同 罐 頭 刀 ❶ 。

Helper: Understand, Sir.(Yes, Sir.)

外傭　Ming[4]baak[6]　sin[1]saang[1]
明　白　，　先　生　。

❶ **廚房用品 kitchen necessities and utensils** *只要把詞彙代入＿＿❶ 就可以造句 (Make sentences by substituting vocabulary items in ＿＿ ❶)

🎧 c104.mp3

aluminium foil sek[6] zi[2] 錫 紙	food containers bou[2] sin[1] hap[6] 保 鮮 盒	oven gloves gaak[3]jit[6] sau[2]tou[3] 隔 熱 手 套
pot holder gaak[6] jit[6] din[3] 隔 熱 墊	apron wai[4] kwan[2] 圍 裙	bottle opener hoi[1] ping[4] hei[3] 開 瓶 器
fruit knife saang[1]gwo[2]dou[1] 生 果 刀	Chinese chef's knife coi[3] dou[1] 菜 刀	chopping board zam[1] baan[2] 砧 板
spatula wok[6] caan[2] 鑊 鏟	lid bou[1] goi[3] 煲 蓋	dish soap sai[2] git[3] zing[1] 洗 潔 精
all-purpose cloth baak[3] git[3] bou[3] 百 潔 布	colander saau[1] gei[1] 笤 箕	

● 2. 清潔客廳 Cleaning the living room

∩ c201.mp3

Sir: The living room is a bit dirty, help me to vacuum, mop the floor, clean the teapoy and sofa. (The living room is a bit dirty, help me to vacuum and to mop the floor. Please also clean the teapoy and sofa.)

先生

go³ (haak³) teng¹ jau⁵ di¹ wu¹ zou¹
個 （ 客 ） 廳 有 啲 污 糟 ，

bong¹ ngo⁵ kap¹ can⁴ to¹ dei⁶
幫 我 吸 塵 、 拖 地 、

maat³haa⁵ caa⁴ gei¹ tung⁴ so¹ faa²
抹 吓 茶 几 ❶ 同 梳 化 ❶ 。

Helper: Understand, Sir. Need to wash curtains? (Yes, Sir. Do I need to wash the curtains?)

外傭

Ming⁴baak⁶ sin¹saang¹
明 白 ， 先 生 。

sai² m⁴ sai² sai²coeng¹lim² aa³
使 唔 使 洗 窗 簾 呀 ？

Sir: Wash curtain tomorrow. (You can wash the curtains tomorrow.)

先生

di¹ coeng¹lim² ting¹ jat⁶ sai² laa¹
啲 窗 簾 聽 日 ❷ 洗 啦 。

Helper: Understand, Sir. (Yes, Sir.)

外傭

ming⁴baak⁶ sin¹saang¹
明 白 ， 先 生 。

❶ 客廳傢俬 Furniture in living room *只要把詞彙代入＿＿＿❶就可以造句（Make sentences by substituting vocabulary items in ＿＿＿ ❶）

🎧 c202.mp3

TV cabinet din⁶ si⁶ gwai⁶ 電 視 櫃	bookcase syu¹ gwai⁶ 書 櫃	bookshelf syu¹ gaa² 書 架
wall coeng⁴ 牆	cushion ku¹ soen² 咕 呢	floor dei⁶ baan² 地 板
carpet dei⁶ zin¹ 地 氈	massage chair on³ mo¹ ji⁵ 按 摩 椅	

❷ 日子 Dates *只要把詞彙代入＿＿＿❷就可以造句（Make sentences by substituting vocabulary items in ＿＿＿ ❷）

🎧 c203.mp3

the day before yesterday cin⁴ jat⁶ 前 日	yesterday kam⁴ jat⁶ 噙 日	today gam¹ jat⁶ 今 日
tomorrow ting¹ jat⁶ 聽 日	the day after tomorrow hau⁶ jat⁶ 後 日	

last week						
soeng⁶ go³ sing¹ kei⁴			/	soeng⁶ go³ lai⁵ baai³		
上 個 星 期			/	上 個 禮 拜		

this week						
ni¹ go³ sing¹ kei⁴			/	ni¹ go³ lai⁵ baai³		
呢 個 星 期			/	呢 個 禮 拜		

next week						
haa⁶ go³ sing¹ kei⁴			/	haa³ go³ lai⁵ baai³		
下 個 星 期			/	下 個 禮 拜		

last month	this month	next month
soeng⁶go³ jyut⁶	ni¹ go³ jyut⁶	haa⁶ go³ jyut⁶
上 個 月	呢 個 月	下 個 月

常用短句 Useful phrases *

_____為可替換詞彙。(Substituting vocabulary items in _____)

🎧 c204.mp3

Sir: Help me to clean up the old newspapers and magazines.

先生

bong¹ngo⁵zap¹ jat¹ zap¹ di¹ gau⁶ bou³ zi² tung⁴zaap⁶ zi³
幫 我 執 一 執 啲 舊 報 紙 同 雜 誌 。

Helper: Understand, Sir. (Yes, Sir.)

外傭

ming⁴baak⁶ sin¹saang¹
明 白 ， 先 生 。

Sir: Help me to throw the rubbish. Remember to throw it in the garbage room next to the fire door.

bong¹ngo⁵dam² jat¹ dam²laap⁶saap³　　gei³ dak¹ dam²heoi³
幫　我　揼　一　揼　垃　圾　。　記　得　揼　去

fong⁴ jin¹ mun⁴gaak³ lei⁴　ge³ laap⁶saap³fong⁴
防　煙　門　隔　離　嘅　垃　圾　房　。

Helper: Understand, Sir. (Yes, Sir.)

ming⁴baak⁶　　sin¹ saang¹
明　白　，　先　生　。

🔘 3. 清潔飯廳 Cleaning the dining room

🎧 c301.mp3

Sir: Madam does not eat (at home) tonight. Help me to clean the table and wash dishes.(Madam will not eat at home tonight. Please help me to clean the table and wash the dishes.)

taai³ taai² gam¹maan⁵　　m⁴　（ hai² uk¹ kei² ）
太　太　今　晚　❶　唔　（　喺　屋　企　）

sik⁶ faan⁶　　bong¹ngo⁵ zap¹ jat¹ zap¹ toi² tung⁴ sai² wun²
食　飯　。　幫　我　執　一　執　枱　同　洗　碗。

Helper: Understand, Sir. (Yes, Sir.)

zi¹ dou³　　sin¹saang¹
知　道　，　先　生　。

❶ 日子時間詞 Date and Time

*只要把詞彙代入____❶就可 以造句 (Make sentences by substituting vocabulary items in ____❶)

🎧 c302.mp3

the night of the day before yesterday cin⁴ maan⁵ 前 晚	last night kam⁴ maan⁵ 噚 晚	tonight gam¹ maan¹ 今 晚
tomorrow night ting¹ maan¹ 聽 晚	the night of the day after tomorrow hau⁶ maan⁵ 後 晚	yesterday morning kam⁴ jat⁶ ziu¹ 噚 日 朝
this morning gam¹ ziu¹ 今 朝	tomorrow morning ting¹ ziu¹ 聽 朝	Monday sing¹ kei⁴ jat¹ 星 期 一
Tuesday sing¹ kei⁴ ji⁶ 星 期 二	Wednesday sing¹ kei⁴ saam¹ 星 期 三	Thursday sing¹ kei⁴ sei³ 星 期 四
Friday sing¹ kei⁴ ng⁵ 星 期 五	Saturday sing¹ kei⁴ luk⁶ 星 期 六	Sunday sing¹ kei⁴ jat⁶ 星 期 日

常用短句 Useful sentences *_____為可替換詞彙。(Substituting vocabulary items in _____)

🎧 c303.mp3

Tonight go out to eat. (We go out to eat tonight.)

gam¹maan¹coet¹heoi³ sik⁶ faan⁶
今 晚 出 去 食 飯 。

Sir tomorrow morning needs breakfast. (Sir will need breakfast tomorrow morning.)

sin¹saang¹ting¹ziu¹ jiu³ zou²caan¹
先 生 聽 朝 要 早 餐 。

Tomorrow night friends come and eat. (There will be some friends coming and dining here tomorrow night.)

ting¹maan¹pang⁴ jau⁵ lai⁴ sik⁶ faan⁶
聽 晚 朋 友 嚟 食 飯 。

💬 4. 清潔睡房 Cleaning the bedrooms

🎧 c401.mp3

Sir: The bed room is a bit messy. Help me to clean the wardrobe and nightstand.

先生　gaan¹ （ seoi⁶ ） fong² jau⁵ di¹ lyun⁶　bong¹ngo⁵
間 （ 睡 ） 房 有 啲 亂 ， 幫 我

maat³haa⁵ ji¹ gwai⁶　tung⁴cong⁴tau⁴ gwai⁶
抹 吓 衣 櫃 ❶ 同 床 頭 櫃 ❶ 。

Helper: Understand, Sir. Do we need to wash the sheets?

 　ming⁴baak⁶　　　sin¹ saang¹
　　明　白　，　先　生　。

　sai² m⁴ sai² sai² cong⁴daan¹　　aa³
　使　唔　使　洗　<u>床　單</u> ❷ 呀 ？

Sir: Wash curtains on Saturday. (You can wash the curtains on Saturday.)

 　cong⁴daan¹sing¹kei⁴ luk⁶ sai² laa¹
　　床　單　星　期　六　洗　啦　。

Helper: Understand, Sir. (Yes, Sir.)

 　ming⁴baak⁶　　　sin¹ saang¹
　　明　白　，　先　生　。

❶ 睡房傢俬 bedroom furniture *只要把詞彙代入＿＿＿❶ 就
可以造句 (Make sentences by substituting vocabulary items in ❶)

🎧 c402.mp3

dressing table so¹ zong¹ toi² 梳　妝　枱	drawer gwai⁶ tung² 櫃　桶	bed cong⁴ 床
mattress cong⁴ juk² 床　褥	desk syu¹ toi² 書　枱	

❷ 床上用品 Bed linen *只要把詞彙代入＿＿❷就可以造句
(Make sentences by substituting vocabulary items in ＿＿❷）

🎧 c403.mp3

pillow	duvet	duvet cover
zam² tau⁴ 枕　頭	pei⁵ 被	pei⁵doi² pei⁵tou³ 被袋 / 被套
pillowcase zam² tau⁴ doi²　　　zam² tau⁴ tou³ 枕　頭　袋　/　枕　頭　套		
blanket	quilt	comforter
mou⁴ zin¹ 毛　氈	laang⁵hei³ pei⁵ 冷　氣　被	min⁴ toi¹ 棉　胎

💬 5. 清潔洗手間 Cleaning the toilet

🎧 c501.mp3

Sir: Help me to clean the bathroom. Need to wash the toilet, toilet seat and wipe the bath tub.(Help me to clean the bathroom. You need to wash the toilet and toilet seat. Pleas also wipe the bath tub.)

先生

bong¹ngo⁵cing¹ git³ sai² sau² gaan¹
幫 我 清 潔 洗 手 間 。

jiu³ sai² maa⁵tung²' ci³ baan²
要 洗 馬 桶 ❶ 、 廁 板 ❶

tung⁴maat³juk⁶gong¹
同 抹 浴 缸 ❶ 。

Helper: Understand, Sir. (Yes, Sir.)

外傭 ming⁴baak⁶，sin¹ saang¹
明 白 ， 先 生 。

❶ 浴室用品 bathroom objects

*只要把詞彙代入＿＿❶ 就

可以造句 (Make sentences by substituting vocabulary items in ＿＿❶)

🎧 o502.mp3

washbasin sai² sau² pun⁴ 洗 手 盤	faucet seoi²lung⁴tau⁴ 水 龍 頭	toilet tank seoi²soeng¹ 水 箱
shower curtain juk⁶ lim² 浴 簾	showerhead faa¹ saa² 花 灑	ventilating fan cau¹ hei³ sin³ 抽 氣 扇
mirror geng³ 鏡	comb so¹ 梳	scale bong² 磅
shower cap juk⁶ mou² 浴 帽		

常用短句 Useful sentences* ＿＿＿為可替換詞彙。(Substituting vocabulary items in ＿＿＿)

🎧 c503.mp3

Sir: Please take the bathrobes and towel to wash.

m⁴ goi¹ lo² di¹ juk⁶ pou⁴ tung⁴ mou⁴ gan¹ heoi³ sai²
唔 該 攞 啲 浴 袍 同 毛 巾 去 洗 。

Helper: Understand, Sir.

ming⁴ baak⁶ sin¹ saang¹
明 白 ， 先 生 。

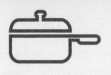

Home ②

家居篇
②

💬 1. 約時間 Making appointment

🎧 d101.mp3

Helper: Sir, what time do you want to eat tonight? (Sir, what time will you have dinner tonight?)

外傭

sin¹ saang¹　　gam¹ maan¹ gei² dim² sik⁶ faan⁶ ne¹
先 生 ， 今 晚 幾 點 食 飯 呢 ？

Sir: Tonight dinner at 7:00. (We will have dinner at 7:00 tonight.)

先生

Gam¹ maan¹ cat¹ dim²　　sik⁶ maan⁵ faan⁶
今 晚 七 點 ❶ 食 晚 飯 ❷ 。

Helper: Understand, Sir. (Yes, Sir.)

外傭

ming⁴ baak⁶　　sin¹ saang¹
明 白 ， 先 生 。

❶ 時 間 Time *只要把詞彙代入＿＿＿❶就可以造句 (Make sentences by substituting vocabulary items in ＿＿＿ ❶)

🎧 d102.mp3

7:00 cat¹　dim² 七　點	7:15 cat¹ dim² saam¹ 七 點 三	7:30 cat¹ dim² bun³ 七 點 半
7:45 cat¹ dim² gau² 七 點 九	4:05 sei³ dim² jat¹ 四 點 一	4:10 sei³ dim² ji⁶ 四 點 二

4:15 sei^3 dim^{2}saam^1 四 點 三	4:20 sei^3 dim^2 sei^3 四 點 四	4:25 sei^3 dim^2 ng^5 四 點 五
4:30 sei^3 dim^{2}bun^3 四 點 半	4:35 sei^3 dim^2 cat^1 四 點 七	4:40 sei^3 dim^{2}baat^3 四 點 八
4:45 sei^3 dim^2 gau^2 四 點 九	4:50 sei^3 dim^2 sap^6 四 點 十	4:55 sei^{3}dim^{2}sap^{6}jat^1 四 點 十 一

❷ 食飯 Eating and meals *只要把詞彙代入＿＿❷ 就可以造句 (Make sentences by substituting vocabulary items in ＿＿❷)

🎧 d103.mp3

breakfast zou^2 caan^1 早 餐	lunch aan^3 (zau^3) 晏 （晝）	afternoon tea haa^6 ng^5 caa^4 下 午 茶
dinner maan^5 faan^6 晚 飯	mid-night snack siu^1 je^2 宵 夜	lunch ng^5 caan^1 午 餐
dinner maan^{5}caan^1 晚 餐		

2. 洗衫 Washing clothes

🎧 d201.mp3

Sir: Help me to wash these few shirts. (Please help me to wash these shirts.)

bong¹ngo⁵ sai² zo² ni¹ gei² gin⁶ seot¹saam¹
幫 我 洗 咗 呢 幾 件 恤 衫 ❶ 。

Helper: Understand, Sir. (Yes, Sir.)

ming⁴baak⁶ sin¹ saang¹
明 白 ， 先 生 。

Sir: These white shirts cannot wash with clothes of other colours.

ni¹ gei² gin⁶ baak⁶ sik¹ seot¹saam¹ m⁴ ho² ji⁵ tung⁴
呢 幾 件 白 色 恤 衫 唔 可 以 同

kei⁴ taa¹ ngan⁴ sik¹ ge³ saam¹ jat¹ cai⁴ sai²
其 他 顏 色 嘅 衫 一 齊 洗 。

Helper: Understand, Sir. (Yes, Sir.)

ming⁴baak⁶ sin¹ saang¹
明 白 ， 先 生 。

❶ 衣服 Clothes

*只要把詞彙代入＿＿＿❶ 就可以造句（Make sentences by substituting vocabulary items in ＿＿＿❶ ）

🎧 d202.mp3

suit sai¹ zong¹ 西　裝	sweater laang¹saam¹ 冷　衫	sweatshirt wan⁶dung⁶saam¹ 運 動 衫
windbreaker fung¹ lau¹ 風　樓	skirt kwan⁴ 裙	one-piece dress lin⁴ san¹kwan⁴ 連 身 裙
short skirt dyun²kwan⁴ 短　裙	long dress coeng⁴kwan⁴ 長　裙	knitwear zam¹ zik¹saam¹ 針 織 衫
sleeveless shirt bui³ sam¹ 背　心	T shirt ti¹ soet¹ Ｔ 恤	cotton-padded jacket min⁴ naap⁶ 綿　衲
trousers fu³ 褲	sport trousers wan⁶dung⁶ fu³ 運 動 褲	jeans ngau⁴zai² fu³ 牛 仔 褲
shorts dyun² fu³ 短　褲	underwear dai² saam¹ 底　衫	underpants dai² fu³ 底　褲
boxers maa¹ jin¹ tung¹ 孖 煙 通	brassiere hung¹ wai⁴ 胸　圍	school uniform haau⁶ fuk⁶ 校　服
socks mat⁶ 襪	stockings si¹ mat⁶ 絲　襪	

常用短句 Useful sentences *____ 為可替換詞彙。(Make sentences by substituting vocabulary items in ____)

🎧 d203.mp3

Sir: Tomorrow help me take this coat to laundry to dry clean.
(Please help me to take this coat to the laundry to dry clean tomorrow.)

先生

ting¹ jat⁶ bong¹ ngo⁵ lo² ni¹ gin³ daai⁶ lau¹　　heoi³
聽　日　幫　我　攞　呢　件　大　褸　❶　去

sai¹ ji¹ pou² gon¹ sai²
洗　衣　舖　乾　洗　。

Helper: Understand, Sir.

外傭

zi¹ dou³　　sin¹ saang¹
知　道　，　先　生　。

❶ 衣服與衣飾 More clothes and accessories *只要把詞彙代入____❶ 就可以造句 (Make sentences by substituting vocabulary items in ____❶)

🎧 d204.mp3

necktie leng² taai¹ 領　呔	scarf geng² gan¹ 頸　巾	cap mou² 帽
belt pei⁴ daai² 皮　帶	shawl pei¹ gin¹ 披　肩	silk scarf si¹ gan¹ 絲　巾

pajamas seoi[6] ji[1] 睡　衣	evening dress maan[5] lai[5] fuk[6] 晚　禮　服	Mandarin gown kei[4] pou[2] 旗　袍
down jacket jyu[5] jung[2] 羽　絨		

Sir: Help me to clean up the sport shoes, put them into the shoe cabinet. (Please help me to clean up the sport shoes and put them into the shoe cabinet.)

bong[1]ngo[5]zap[1] hou[2] di[1] bo[1] haai[4]
幫　我　執　好　啲　波　鞋 ❷ ，

fong[3] jap[6] haai[6]gwai[6]
放　入　鞋　櫃 。

Helper: Understand, Sir.

zi[1] dou[3]　　sin[1] saang[1]
知　道 ，　先　生 。

❷ 鞋、袋 Shoes and bags

*只要把詞彙代入＿＿＿ ❷ 就可以
造句 (Make sentences by substituting vocabulary items in ＿＿＿ ❷)

🎧 d205.mp3

high heels	sneakers	leather shoes
gou^{1}zaang^{1}haai^4	bou^3 haai^4	pei^4 haai^4
高 踭 鞋	布 鞋	皮 鞋
boots	flats	scandals
hoe^1	ping^4 dai^2 haai^4	loeng^4 haai^4
靴	平 底 鞋	涼 鞋
slippers	rain boots	insole
to^1 haai^2	seoi^2 haai^4	haai^4 din^3
拖 鞋	水 鞋	鞋 墊
shoelace	waistbag	backpack
haai^4 daai^2	jiu^1 baau^1	bui^3 nong^4
鞋 帶	腰 包	背 囊
messenger bag	briefcase	reusable bad
ce^3 me^1 doi^2	gung^1 si^6 baau^1	waan^{4}bou^{2}doi^2
斜 孭 袋	公 事 包	環 保 袋

3. 燙衫晾衫
Ironing clothes and drying clothes 🎧 d301.mp3

Sir: This is a silk shirt, iron carefully, cannot be too hot. (This shirt is made of silk. Please iron it carefully with very low heat.)

nei¹ gin⁶ si¹ zat¹　　seot¹saam¹ siu² sam¹tong³
呢 件 絲 質 ❶ 恤 衫 小 心 燙 ，

m⁴ ho² ji⁵ taai³ jit⁶
唔 可 以 太 熱 。

Helper: Understand, Sir.

zi¹ dou³　　sin¹ saang¹
知 道 ， 先 生 。

❶ 衣服材質 Clothes materials *只要把詞彙代入＿＿ ❶ 就可
以造句 (Make sentences by substituting vocabulary items in ＿＿ ❶)

🎧 d302.mp3

cotton min⁴ zat¹ 綿 質	flannel jung² 絨	velvet tin¹ ngo⁴jung² 天 鵝 絨
corduroy dang¹sam¹jung² 燈 芯 絨	down jyu⁵ jung² 羽 絨	leather pei² 皮
wool joeng⁴mou⁴ 羊 毛	cashmere ke¹ si⁶ me¹ 茄 士 咩	lace lei¹ si² 喱 士

常用短句 Useful sentences

🎧 d303.mp3

Wool sweater needs to be carefully air-dry, easy to change its shape. (Please air-dry the wool sweater carefully. Its shape might be changed.)

joeng⁴mou⁴laang¹saam¹jiu³ siu² sam¹long⁶　　hou² ji⁶ bin³ jing⁴
羊 毛 冷 衫 要 小 心 晾 ， 好 易 變 型 。

Underwears and underpants need to be washed separately from other clothes. (Please separate the underwears and underpants from other clothes when washing.)

dai²saam¹dai² fu⁶ jiu³ tung⁴kei⁴ taa¹saam¹fan¹ hoi¹ sai²
底 衫 底 褲 要 同 其 他 衫 分 開 洗 。

Baby clothes need to be washed separately from adults' clothes. (Please separate baby clothes and adults' clothes when washing.)

bi⁴ bi¹ saam¹ jiu³ tung⁴daai⁶jan⁴ saam¹ fan¹ hoi¹ sai²
B B 衫 要 同 大 人 衫 分 開 洗 。

💬 4. 處理食材 Handling ingredients

🎧 d401.mp3

Sir: Help me to freeze the fish and slice the beef.

幫 我 雪 咗 條 魚 ❶ ， 同 將 啲
bong¹ngo⁵syut³ zo² tiu⁴ jyu²　　　 tung⁴zoeng¹ di¹

牛 肉 ❶ 切 片 ❷ 。
ngau⁴juk⁶　　 cit³ pin²

Helper: Understand, Sir.

知 道 ， 先 生 。
zi¹ dou³　　 sin¹ saang¹

❶ 主 要 食 材 Major ingredients type *只要把詞彙代

入＿＿❶就可以造句 (Make sentences by substituting vocabulary

items in the ＿＿❶)

🎧 d402.mp3

pork zyu¹ juk⁶ 豬 肉	chicken meat gai¹ juk⁶ 雞 肉	mutton joeng⁴juk⁶ 羊 肉	duck meat aap³ juk⁶ 鴨 肉
ham fo² teoi² 火 腿	bacon jin¹ juk⁶ 煙 肉	sausage coeng²zai² 腸 仔	spam ng⁵caan¹juk⁶ 午 餐 肉

shrimp haa[1] 蝦	crab haai[5] 蟹	clam hin[2] 蜆	spiral shell lo[2] 螺
seafood hoi[2] sin[1] 海 鮮	vegetable coi[3] 菜	fruits saang[1]gwo[2] 生 果	egg daan[2] 蛋

❷ 處理食材方法 Ways to handle food ingredients *只
要把詞彙代入____ ❷ 就可以造句 (Make sentences by substituting
vocabulary items in ____ ❷)

🎧 d403.mp3

pelletize/ cut into dice cit[3] nap[1] 切 粒	shred cit[3] seoi[3] 切 碎	mash gaau[2] seoi[3] 攪 碎
cut off zaam[2] hoi[1] 斬 開	chop into pieces zaam[2] gin[2] 斬 件	put in the refrigerator fong[3]jap[6]syut[3]gwai[6] 放 入 雪 櫃
put in the freezer fong[3]jap[3]bing[1]soeng[1] 放 入 冰 箱	frozen syut[3] cong[4] 雪 藏	marinate jip[3] 醃
wind dry ceoi[1] gon[1] 吹 乾	sun dry saai[3] gon[1] 曬 乾	

常用短句 Useful sentences

*調味料 seasoning _____ ❸ 為可替換詞彙。(Make sentences by substituting vocabulary items in the _____ ❸)

🎧 d404.mp3

cut the beef as dice, put in the refrigerator (Please dice the beef and put in the refrigerator)

ngu⁴ juk⁶ cit³ nap¹   fong³jap⁶ syut³gwai⁶

牛 肉 切 粒 ， 放 入 雪 櫃 。

help me to cut the chicken, chop into pieces (Help me to chop the chicken into pieces)

bong¹ngo⁵zaam²hoi¹ zek³ gai¹   zaam²hoi¹ jat¹ gin⁶ gin⁶

幫 我 斬 開 隻 雞 ， 斬 開 一 件 件 。

use corn starch, sugar and soya souce to marinate the meat and cook tonight

jung⁶sang¹fan²   tong⁴   tung⁴ si⁶ jau⁴   jip³ jat¹ jip³

用 生 粉 ❸ 、 糖 ❸ 同 豉 油 ❸ 醃 一 醃

di¹ juk⁶ gam¹maan⁵zyu²

啲 肉 今 晚 煮 。

❸ 調味料 Seasonings *只要把詞彙代入＿＿＿❸就可以造句
(Make sentences by substituting vocabulary items in ＿＿＿ ❸)

🎧 d405.mp3

salt jim⁴ 鹽	pepper wu⁴ ziu¹ fan² 胡 椒 粉	ginger goeng¹ 薑
garlic syun³ tau⁴ 蒜 頭	fermented salted soybean dau⁶ si⁶ 豆 豉	sesame zi¹ maa⁴ 芝 麻
rock sugar bing¹ tong⁴ 冰 糖	sesame oil maa⁴ jau⁴ 麻 油	cooking oil jau⁴ 油
butter ngau⁴ jau⁴ 牛 油	olive oil gaam³laam²jau⁴ 橄 欖 油	oyster sauce hou⁴ jau⁴ 蠔 油
cooking liquor siu¹ zau² 燒 酒	sweet sauce tim⁴ joeng³ 甜 醬	spicy sauce laat³ joeng³ 辣 醬
sesame sauce maa⁴ joeng³ 麻 醬	peanut butter faa¹ sang¹joeng³ 花 生 醬	mayonnaise saa¹ leot²joeng³ 沙 律 醬
XO sauce X O joeng³ X O 醬	satay sauce saa³ de¹joeng³ 沙 嗲 醬	fremented broad bean paste dau⁶baan²joeng³ 豆 瓣 醬

chili sauce	shrimp paste	fermented bean curd
laat⁶ ziu¹ joeng³	haa¹ joeng³	fu⁶ jyu⁵
辣 椒 醬	蝦 醬	腐 乳
red fremented bean curd	chicken powder	honey
naam⁴ jyu⁵	gai¹ fan²	mat⁶ tong⁴
南 乳	雞 粉	蜜 糖
raw sugar	brown sugar	vinegar
wong⁴ tong⁴	hak¹ tonq⁴	cou³
黃 糖	黑 糖	醋
mustard		
gaai³ laat⁶		
芥 辣		

💬 5. 煮飯 Cooking meals

 d501.mp3

Sir: Tonight cook more, elder brother of Madam will come and eat. (Please prepare more food tonight because the elder brother of Madam will come for dinner.)

先生
Gam¹ maan¹ jiu³ zyu² do¹ di¹　　taai³ taai² ge³
今　晚　要　煮　多　啲　，　太　太　嘅

go⁴ go¹　　wui⁵ lai⁴ sik⁶ faan⁶
哥　哥　❶　會　嚟　食　飯　。

Helper: Understand, Sir. Need to cook how many dishes? (Yes, Sir. How many dishes should I prepare?)

外傭
zi¹ dou³　　sin¹ saang¹
知　道　，　先　生　。

Jiu³ zyu² gei² do¹ go³ sung³ ne¹
要　煮　幾　多　個　餸　呢　？

Sir: Cook 5 dishes please. (Please prepare 5 dishes.)

先生
zyu² ng⁵ go³ sung³ laa¹
煮　5　個　餸　啦　。

Helper: Understand, Sir.

外傭
ming⁴ baak⁶　　sin¹ saang¹
明　白　，　先　生　。

❶ 稱呼 Ways to address *只要把詞彙代入＿＿＿ ❶ 就可以造句 (Make sentences by substituting vocabulary items in ＿＿＿ ❶)

🎧 d502.mp3

Grandfather on father side je⁴ je² 爺 爺	Grandmother on father side maa⁴maa⁴ 嫲 嫲	Elder Uncle on father side aa³ baak³ 亞 伯	Younger Uncle on father side aa³ suk¹ 亞 叔
Elder Auntie on father side gu¹ maa¹ 姑 媽	Younder Auntie on father side gu¹ ze¹ 姑 姐	Father baa⁴baa¹ 爸 爸	Mother maa⁴maa¹ 媽 媽
Grandfather on mother side gung⁴gung¹ 公 公	Grandmotheron mother side po⁴ po² 婆 婆	Auntie on mother side aa³ ji¹ 亞 姨	Uncle on mother side kau⁵ fu² 舅 父
Elder brother go⁴ go¹ 哥 哥	Elder sister ze⁴ ze¹ 姐 姐	Younger brother dai⁴ dai² 弟 弟	Younger sister mui⁴mui² 妹 妹
Cousin (elder brother) biu² go¹ 表 哥	Cousin (elder sister) biu² ze² 表 姐	Cousin (younger brother) biu² dai² 表 弟	Cousin (younger sister) biu² mui² 表 妹

常用短句 Useful sentences *_____ 為可替換詞彙。(Make sentences by substituting vocabulary items in _____) ** recipe of some of the dishes will be presented in Chapter 8 .

🎧 d503.mp3

Help me to cook Ma Po bean curd

bong¹ngo⁵zyu²maa⁴po⁴dau⁶ fu⁶
幫 我 煮 麻 婆 豆 腐 ❷

Tonight want to eat pan-fried Choi sum. (I like to eat pan-fried Choi sum tonight.)

gam¹maan⁵soeng²sik⁶caau²coi³sam¹
今 晚 想 食 炒 菜 心 ❷

❷ 家常菜式 Name of home-made dishes* 只要把詞彙代入_____ ❷ 為可替換詞彙。(Make sentences by substituting vocabulary items in _____ ❷)

🎧 d504.mp3

blanch vegetable (Choi sum) baak⁶ceok³coi³ sam¹ 白 灼 菜 心	soy sauce steam pork ribs si⁶ zap¹ zing¹ paai⁴gwai¹ 豉 汁 蒸 排 骨
tomato scramble eggs faan¹ ke² caau²daan² 番 茄 炒 蛋	stuffed green pepper joeng⁶ceng¹ ziu¹ 釀 青 椒

salted egg yolk baked prawn haam⁴daan²wong² guk⁶ haa¹ 鹹 蛋 黃 焗 蝦	Cola chicken wings ho² lok⁶ gai¹ jik⁶ 可 樂 雞 翼
steamed beef with pickles zaa³ coi³ zing¹ngau⁴juk⁶ 榨 菜 蒸 牛 肉	chestnut stew ribs leot³ zi² man¹paai⁴gwat¹ 栗 子 燜 排 骨
pan fried pork chop with lemongrass hoeng¹maau⁴ zin¹ zyu¹ paa² 香 茅 煎 豬 扒	stew chicken wings with potato syu⁴ zai² man¹ gai¹ jik⁶ 薯 仔 燜 雞 翼
salted egg steamed meatloaf haam⁴daan²zing¹juk⁶ beng² 鹹 蛋 蒸 肉 餅	fried egg with shrimp waat⁶daan²caau²haa¹ jan⁴ 滑 蛋 炒 蝦 仁

6. 煲湯 Cooking soup

🎧 d601.mp3

Sir: Tonight want to drink soup. (I'd like to have some soup tonight.)

先生

gam¹ maan¹ soeng² jam² tong¹
今 晚 想 飲 湯 。

Helperd: Understand, Sir. Need to boil what soup? (Yes, Sir. What kind of soup do you like?)

外傭

zi¹ dou³　　sin¹ saang¹
知 道 ， 先 生 。

jiu³ bou¹ mat¹ je² tong¹ ne¹
要 煲 乜 嘢 湯 呢 ?

Sir: Cook a winter melon soup please. (Please prepare a pot of winter melon soup.)

先生

bou¹ go³ dung¹ gwa¹ tong¹　　laa¹
煲 個 冬 瓜 湯 ❶ 啦 。

Helper: Understand, Sir.

外傭

ming⁴ baak⁶　　sin¹ saang¹
明 白 ， 先 生 。

❶ 湯 soup *只要把詞彙代入＿＿＿**❶** 就可以造句（Make sentences by substituting vocabulary items in ＿＿＿ **❶** ）** some of the soup recipe will be presented in Chapter 8.

🎧 d602.mp3

corn cream soup suk¹ mai⁵ gei⁶ lim¹ tong¹ 粟 米 忌 廉 湯	seafood bean curd soup hoi² sin¹ dau⁶ fu⁶ tong¹ 海 鮮 豆 腐 湯
spicy and sour soup syun¹ laat⁶ tong¹ 酸 辣 湯	green and red carrot soup ceng¹hung⁴ lo⁴ baak⁶tong¹ 青 紅 蘿 蔔 湯
bean curd fish head soup dau⁶ fu⁶ jyu⁴ tau⁴ tong¹ 豆 腐 魚 頭 湯	pumkin soup naam⁴ gwa¹ tong¹ 南 瓜 湯

Shopping

購物篇

e101.mp3

1. 街市買餸
Buying ingredients in wet market

Helper: I need 20 dollars beef. (I want to buy some beef, 20 dollars.)

外傭

ngo⁵ jiu³ ji⁶ sap⁶man¹ ngau⁴ juk⁶
我 要 二 十 蚊 ❶ 牛 肉 ❷ 。

Seller in the wet market: What is the use? Use it for pan frying dishes? (May I know what do you want to cook? Is it for pan-frying dishes?)

街市職員

jung⁶ lai⁴ zyu²mat¹ Jung⁶lai⁴ caau²
用 嚟 煮 乜 ? 用 嚟 炒 ❸ ?

Helper: Use it to pan fry. (For preparing pan-fried dishes.)

外傭

jung⁶ lai⁴ caau²
用 嚟 炒 。

❶ 錢 Money terms *只要把詞彙代入 _____ ❶ 就可以造句（Make sentences by substituting vocabulary items in _____ ❶）

🎧 e102.mp3

ten cents jat¹ hou⁴ 一 毫	twenty cents loeng⁵hou⁴ 兩 毫	fifty cents ng⁵ hou⁴ 五 毫	one dollar jat¹ man¹ 一 蚊
two dollars loeng⁵man¹ 兩 蚊	five dollars ng⁵ man¹ 五 蚊	ten dollars sap⁶man¹ 十 蚊	twenty dollars ji⁶ sap⁶man¹ 二 十 蚊
fifty dollars ng⁵ sap⁶man¹ 五 十 蚊	one hundred dollars jat¹baak³man¹ 一 百 蚊	five hundred dollars ng⁵baak⁶man¹ 五 百 蚊	one thousand dollars jat¹ cin¹man¹ 一 千 蚊

go³ jat¹ $1.1	go³ ji⁶ $1.2	go³ saam¹ $1.3	go³ sei³ $1.4	go³ bun³ $1.5
go³ luk⁶ $1.6	go³ cat¹ $1.7	go³ baat³ $1.8	go³ gau² $1.9	loeng⁵ man¹ $2.0
loeng⁵ go³ jat¹ $2.1	loeng⁵ go³ ji⁶ $2.2	loeng⁵ go³ saam¹ $2.3	loeng⁵ go³ sei³ $2.4	loeng⁵ go³ bun³ $2.5
loeng⁵ go³ luk⁶ $2.6	loeng⁵ go³ cat¹ $2.7	loeng⁵ go³ baat³ $2.8	loeng⁵ go³ gau² $2.9	saam¹ man¹ $3.0
saam¹ go³ jat¹ $3.1	saam¹ go³ ji⁶ $3.2	saam¹ go³ saam¹ $3.3	saam¹ go³ sei³ $3.4	saam¹ go³ bun³ $3.5

saam¹ go³ luk⁶ $3.6	saam¹ go³ cat¹ $3.7	saam¹ go³ baat³ $3.8	saam¹ go³ gau² $3.9	sei³ man¹ $4.0

❷ **肉類 Meat** *只要把詞彙代入 _____ ❷ 就可以造句 (Make sentences by substituting vocabulary items in _____ ❷）

🎧 e103.mp3

ngau⁴juk⁶
牛 肉 Beef

rib eye juk⁶ngaan⁵ 肉 眼	tenderloin ngau⁴lau⁵ 牛 柳	sirloin sai¹laang¹ 西 冷	beef brisket ngau⁴naam⁵ 牛 腩
steak ngau⁴paa² 牛 扒	short ribs ngau⁴zai²gwat¹ 牛 仔 骨	ox tail ngau⁴mei⁵ 牛 尾	slice beef fei⁴ngau⁴ 肥 牛

zyu¹ juk⁶
豬 肉 Pork

lean meat sau³ juk⁶ 瘦 肉	fatty meat fei⁴zyu¹juk⁶ 肥 豬 肉	shoulder chop mui⁴ tau² 梅 頭	pork belly ng⁵faa¹naam⁵ 五 花 腩
pork jowl zyu¹geng²juk⁶ 豬 頸 肉	pork ribs paai⁴gwat¹ 排 骨	pork chop zyu¹paa² 豬 扒	pork loin lam¹ juk⁶ 冧 肉

pork liver	pork tripe	pork knuckle	pork intestine
zyu¹jeon²	zyu¹ tou⁵	zyu¹ sau²	zyu¹daai⁶coeng²
豬 膶	豬 肚	豬 手	豬 大 腸
ham	beacon	pig's blood curd	
fo² teoi²	jin¹ juk⁶	zyu¹hung⁴	
火 腿	煙 肉	豬 紅	

gai¹ juk⁶
雞 肉 Chicken

chicken chop	chicken breast	chicken tender	chicken leg
gai¹ paa²	gai¹ hung¹	gai¹ lau⁵	gai¹ bei²
雞 扒	雞 胸	雞 柳	雞 髀
chicken wing	chicken wing (whole)	chicken wing tips	chicken gizzard
gai¹zung¹jik⁶	gai¹cyun⁴jik⁶	gai¹jik⁶zim¹	gai¹ san⁵
雞 中 翼	雞 全 翼	雞 翼 尖	雞 腎

kei⁴ taa¹
其 他 Other

mutton	lamb rack	snake meat	goose meat
joeng⁴juk⁶	joeng⁴gaa²	se⁴ juk⁶	ngo²juk⁶
羊 肉	羊 架	蛇 肉	鵝 肉
goose intestines	duck meat	duck gizzard	
ngo⁴coeng²	aap³ juk⁶	aap³ san⁵	
鵝 腸	鴨 肉	鴨 腎	

❸ 煮法 Cooking methods [*]只要把詞彙代入 ＿＿＿ ❸ 就可以造句（Make sentences by substituting vocabulary items in ＿＿＿ ❸ ）

🎧 e104.mp3

pan fry zin¹ 煎	stir fry caau² 炒	boil zyu² 煮
deep fry zaa³ 炸	stew man¹ 燜	bake guk⁶ 焗
steam cing¹ zing¹ （清）蒸	double boil dan⁶ 燉	blanch baak⁶ coek³ （白）灼
stir fry with mashed garlic syun³ jung⁴ caau² 蒜 蓉 炒	stir fry with black bean sauce dau⁶ si⁶ caau² 豆 豉 炒	stir fry with ginger and scallions goeng¹ cung¹ caau² 薑 葱 炒
deep fry with salt and pepper ziu¹ jim⁴ zaa³ 椒 鹽 炸	bake with cheese zi¹ si² guk⁶ 芝 士 焗	braise hung⁴ siu¹ 紅 燒
smoke jin¹ fan¹ （煙）燻		

2. 買嘢食 Buying meals

🎧 e201.mp3

Madam: Help me to go fast food shop to buy take away. (Please go to the fast food shop and buy some take away food.)

bong¹ngo⁵heoi³faai³caan¹dim³   maai⁵ngoi⁶maai⁶
幫 我 去 快 餐 店 ❶ 買 外 賣 。

Helper: Understand, Madam. Madam wants to buy what? (Yes, Madam. What do you like to buy?)

ming⁴baak⁶   taai³ taai²
明 白 ， 太 太 。
taai³ taai²soeng²maai⁵mat¹ je⁵ ne¹
太 太 想 買 乜 嘢 呢 ？

Madam: Buy one dish of stir fried rice noodles with beef and bean sprouts, one barbecue pork rice, one cup of coffee and one cup of milk tea. (I want one dish of stir-fried rice noodles with beef and bean sprouts, one dish of barbecue pork rice. I also want a cup of coffee and a cup of milk tea.)

maai⁵ jat¹ dip⁶ gon¹caau²ngau⁴ho²
買 一 碟 乾 炒 牛 河 ❷ 、

jat¹ go³ caa¹ siu¹ faan⁶   jat¹ bui¹ gaa³ fe¹
一 個 叉 燒 飯 ❷ 、 一 杯 咖 啡 ❸、

jat¹ bui¹ naai⁵ caa⁴
一 杯 奶 茶 ❸ 。

Helper: Understand, Madam. (Yes, Madam.)

 Ming⁴baak⁶   taai³ taai²
明　白　，　太　太　。

❶ 食肆 Restaurant *只要把詞彙代入＿＿❶就可以造句（Make sentences by substituting vocabulary items in ＿＿❶）

🎧 e202.mp3

Chinese restaurant caa⁴ lau⁴ 茶 樓	food stall daai⁶paai⁴dong³ 大 排 檔	Hong Kong restaurant caa⁴caan¹teng¹ 茶 餐 廳	Chaozhou cuisine daa²laang¹ 打 冷

❷ 外賣 Take away food [*]只要把詞彙代入____❷ 就可以造句

(Make sentences by substituting vocabulary items in ____ ❷)

🎧 e203.mp3

breakfast zou² caan¹ 早 餐	fast set meal faai³ caan¹ 快 餐	toast do¹ si² 多 士
French toast sai¹ do¹ si² 西 多 士	pineapple bun with butter bo¹ lo⁴ jau⁴ 菠 蘿 油	ham sandwiches teoi² zi⁶ 腿 治
egg sandwiches daan² zi⁶ 蛋 治	ham and egg sandwiches teoi²daan² zi⁶ 腿 蛋 治	Luncheon meat and egg sandwiches caan¹daan²zi⁶ 餐 蛋 治
club sandwiches gung¹ si¹ saam¹man⁴ zi⁶ 公 司 三 文 治		steam pork and mushroom dumplings siu¹ maai² 燒 賣
steamed rice noodle rolls coeng² fan² 腸 粉	sticky rice with chicken wrapped in lotus leaves no⁶ mai⁵ gai¹ 糯 米 雞	barbecued pork bun caa¹ siu¹baau¹ 叉 燒 包
spring roll ceon¹ gyun² 春 卷	cod with corn cream sauce suk¹mai⁵baan¹faai³ 粟 米 斑 塊	deep fried chicken with lemon sauce sai¹ ning² gai¹ 西 檸 雞
sweet sour pork gu¹ lou¹ juk⁶ 咕 嚕 肉	crispy fried chicken zaa³ zi² gai¹ 炸 子 雞	vegetable with oyster sauce jau⁴ coi³ 油 菜

外傭廣東話秘笈

fried rice caau² faan⁶ 炒 飯	fried noodles caau² min⁶ 炒 麵	barbecue pork caa¹ siu¹ 叉 燒
roasted pork siu¹ juk⁶ 燒 肉	roast suckling pig jyu⁵ zyu¹ 乳 豬	soy-marinated chicken jau⁴ gai¹ 油 雞
steam chicken baak⁶ cit³ gai¹ 白 切 雞	roasted duck siu¹ aap³ 燒 鴨	roasted goose siu¹ ngo² 燒 鵝
roasted pigeon jyu⁵ gaap³ 乳 鴿	shrimp dumplings with noodles wan⁴ tan¹ min⁶ 雲 吞 麵	beef congee ngau⁴ juk⁶ zuk¹ 牛 肉 粥
preserved egg and shredded pork congee pei⁴ daan² sau³ juk⁶ zuk¹ 皮 蛋 瘦 肉 粥		sliced fish congee jyu⁵ pin² zuk¹ 魚 片 粥
deep fried fritters jau⁴ zaa³ gwai² 油 炸 鬼	rice dumpling with meat and salted egg haam⁴ juk⁶ zung² 鹹 肉 糭	fried sesame ball zin¹ deoi¹ 煎 堆
turnip cake lo⁴ baak⁶ gou¹ 蘿 蔔 糕		

❸ 飲品 Drinks

*只要把詞彙代入 ＿＿＿❸就可以造句 (Make sentences by substituting vocabulary items in ＿＿＿❸)

🎧 e204.mp3

black coffee zaai¹ fe¹ 齋 啡	coffee with tea jin¹ joeng¹ 鴛 鴦	milk tea with condensed milk caa⁴ zau² 茶 走
Ovaltine o¹ waa⁴ tin⁴ 阿 華 田	Horlicks hou² lap⁶ hak¹ 好 立 克	lemon tea ning² caa⁴ 檸 茶
lemon water ning² seoi² 檸 水	honey lemon ning² mat⁶ 檸 蜜	coke with lemon ning² lok⁶ 檸 樂
red bean ice hung⁴ dau² bing¹ 紅 豆 冰	chocolate zyu¹ gu¹ lik¹ 朱 古 力	milk ngau⁴ naai⁵ 牛 奶
soya milk dau⁶ joeng¹ 豆 漿		

常用短句 Useful sentences _____ *黃色部分 為可替換詞彙。

(Make sentences by substituting vocabulary items in _____)

🎧 e205.mp3

I need receipt.

ngo⁵ jiu³ daan¹
我 要 單 。

26 dollars change. (Here is some changes, 26 dollars)

zaau²faan¹ ji⁶ sap⁶ luk⁶ man¹
找 返 二 十 六 蚊 。

One cup of ice milk tea, one cup of hot coffee (A glass of ice milk tea, a cup of hot coffee)

jat¹ bui¹dung³naai⁵caa⁴   jat¹ bui¹ jit⁶ gaa³ fe¹
一 杯 凍 奶 茶 、 一 杯 熱 咖 啡 。

One glass of coke without ice. (A glass of coke with no ice)

jat¹ bui¹ ho² lok⁶ zau²bing¹
一 杯 可 樂 走 冰 。

Milk tea less sugar. (Milk tea with less sugar.)

naai⁵caa⁴ siu² tim⁴
奶 茶 少 甜 。

Coffee more milk, less sugar. (Coffee with more milk and less sugar.)

Gaa³ fe¹ do¹ naai⁵　　siu² tong⁴

咖　啡　<u>多　奶</u>　、　<u>少　糖</u>　。

💬 3. 超市買嘢 Shopping in supermarket

🎧 e301.mp3

Madam: We tonight want to eat Italian pasta, help me to go to supermarket to buy. (We want to have Italian pasta for dinner tonight. Please go to the supermarket and buy some.)

ngo⁵ dei⁶ gam¹ maan¹ soeng² sik⁶　ji³ daai⁶ lei⁶　fan²

我　哋　今　晚　想　食　<u>意　大　利　粉</u> 　，

bong¹ ngo⁵ heoi³ ciu¹ kap¹　si⁵ coeng⁴ maai⁵

幫　我　去　超　級　市　場　買　。

Helper: Understand, Madam. (Yes, Madam.)

zi¹ dou³　　taai³ taai²

知　道　，　太　太　。

❶ 食材 More food ingredients

*只要把詞彙代入 ____ ❶ 就可以造句 (Make sentences by substituting vocabulary items in ____ ❶)

🎧 e302.mp3

macaroni tung¹ fan² 通　粉	instant noodles zik¹ sik⁶ min⁶ 即　食　麵	rice vermicelli mai⁵ fan² 米　粉
rice noodles mai⁵ sin³ 米　線	flat Chinese rice noodles ho² fan² 河　粉	Udon wu¹ dung¹ 烏　冬
flour min⁶ fan² 麵　粉	egg noodles jau³ min⁶ 幼　麵	thick egg noodles cou¹ min⁶ 粗　麵
egg gai¹ daan² 雞　蛋	bean curd dau⁶ fu⁶ 豆　腐	pickles paau³ coi³ 泡　菜
seafood hoi² sin¹ 海　鮮	crab haai⁵ 蟹	shrimp haa¹ 蝦
fish jyu² 魚	Mandarin perch gwai³faa¹ jyu² 桂　花　魚	grouper sek⁶ baan¹ 石　斑
grey mullet wu¹ tau² 烏　頭	grass carp waan⁵ jyu² 鯇　魚	eel maan⁶ jyu² 鰻　魚
salmon saam¹man⁴jyu² 三　文　魚	Mackerel pike cau¹ dou¹ jyu² 秋　刀　魚	capelin do¹ ceon¹jyu² 多　春　魚

cuttlefish mak^6 jyu^4 墨 魚	squid jau^4 jyu^2 魷 魚	scallop daai^3 zi^2 帶 子
fan scallop sin^3 bui^3 扇 貝	abalone baau^1 jyu^4 鮑 魚	lobster lung^4 haa^1 龍 蝦
oyster hou^4 蠔	razor clam sing^3 zi^2 聖 子	salanx chinensis baak^{6}faan^{6}jyu^2 白 飯 魚
frog tin^4 gai^1 田 雞	minced cuttlefish mak^6 jyu^{4}waat^2 墨 魚 滑	minced shrimp haa^1 waat^2 蝦 滑
dace fish ball leng^4 jyu^4 kau^4 鯪 魚 球	cuttlefish ball mak^6 jyu^4 jyun^2 墨 魚 丸	crab stick haai^5 lau^5 蟹 柳
fish ball jyu^4 daan^2 魚 蛋	shrimp ball haa^1 jyun^2 蝦 丸	beef ball ngau^4 jyun^2 牛 丸
pork ball gung^3 jyun^2 貢 丸	lobster ball lung^{4}haa^1 jyun^2 龍 蝦 丸	water dumpling seoi^2 gaau^2 水 餃
wonton wan^4 tan^1 雲 吞	vegetables coi^3 菜	cabbage je^4 coi^3 椰 菜
celery sai^1 kan^2 西 芹	broccoli sai^1 laan^4 faa^1 西 蘭 花	Chinese Bok Choi baak^6 coi^3 白 菜
Choi sum coi^3 sam^1 菜 心	pea shoots dau^6 miu^4 豆 苗	spinach bo^1 coi^3 菠 菜

lettuce	Chinese kale	chive buds
saang^1 coi^3	gaai^1 laan^2	gau^2 coi^3
生　菜	芥　蘭	韮　菜
water spinach	napa cabbage	baby Chinese cabbage
tung^1 coi^3	wong^{4}ngaa^{3}baak^6	waa^1 waa^1 coi^3
通　菜	黃　芽　白	娃　娃　菜
water cress	head lettuce	tomato
sai^{1}joeng^{4}coi^3	sai^{1}saang^{1}coi^3	faan^1　ke^2
西　洋　菜	西　生　菜	番　茄
potato	radish	chili pepper
syu^4　zai^2	lo^4　baak^6	laat^6　ziu^1
薯　仔	蘿　蔔	辣　椒
cucumber	onion	green pepper
ceng^1 gwa^1	joeng^{4}cung^1	ceng^1　ziu^1
青　瓜	洋　葱	青　椒
pumpkin	winter melon	hairy gourd
naam^{4}gwaa^1	dung^{1}gwaa^1	zit^3　gwaa^1
南　瓜	冬　瓜	節　瓜
zucchini	sponge gourd	taro
ceoi^3 juk^{6}gwaa^1	si^1　gwaa^1	wu^6　tau^2
翠　玉　瓜	絲　瓜	芋　頭
sweet potato	lotus root	bean sprout
faan^1 syu^2	lin^4 ngau^5	ngaa^4 coi^3
番　薯	蓮　藕	芽　菜
enokitake mushroom	straw mushroom	mushroom
gam^1 gu^1	cou^2 gu^1	mo^4　gu^1
金　菇	草　菇	蘑　菇
spring onion	snow fungus	jelly ear
cung^1	syut^3 ji^5	hak^1 muk^6 ji^5
葱	雪　耳	黑　木　耳

fruit saang¹ gwo² 生 果	pineapple bo¹ lo⁴ 菠 蘿	mango mong¹ gwo² 芒 果
apple ping⁴ gwo² 蘋 果	orange caang² 橙	tangerine gam¹ 柑
pear lei² 梨	lemon ning⁴ mung¹ 檸 檬	papaya muk⁶ gwaa¹ 木 瓜
water melon sai¹ gwaa¹ 西 瓜	honey melon mat⁶ gwaa¹ 蜜 瓜	kiwi fruit kei⁴ ji⁶ gwo² 奇 異 果
grapes tai⁴ zi² 提 子	banana hoeng¹ ziu¹ 香 蕉	cherry ce¹ lei⁴ zi² 車 厘 子
coconut je⁴ zi² 椰 子	peach tou² 桃	star fruit joeng⁴ tou² 楊 桃
grapefruit sai¹ jau² 西 柚	pomelo saa¹ tin⁴ jau² 沙 田 柚	pitaya fo² lung⁴ gwo² 火 龍 果
mangos teen saan¹ zuk¹ 山 竹	Durian lau⁴ lin⁴ 榴 槤	lychee lai⁶ zi¹ 荔 枝
blueberry laam⁴ mui² 藍 莓	longan lung⁴ ngaan⁵ 龍 眼	guava faan¹ sek⁶ lau² 番 石 榴
strawberry si⁶ do¹ be¹ lei² 士 多 啤 梨	bread min⁶ baau¹ 麵 包	white bread fong¹ baau¹ 方 包

sweet round bun	pineapple bun	croissant
caan^1 baau^1	bo^1 lo^4 baau^1	ngau^{4}gok^{3}baau^1
餐 包	菠 蘿 包	牛 角 包
raisin bread	sausage bun	cocktail bun
tai^4 zi^2 baau^1	coeng^{2}zai^{2}baau^1	gai^1 mei^{5}baau^1
提 子 包	腸 仔 包	雞 尾 包
paper-wrapped cake	egg tart	coconut tart
zi^2 baau^{1}daan^{6}gou^1	daan^6 taat^1	je^4 taat^1
紙 包 蛋 糕	蛋 撻	椰 撻
chicken pie		
gai^1 pai^1		
雞 批		

常用短句 Useful sentences

🎧 e303.mp3

Need plastic bag? (Do you need plastic bags?)

jiu³ m⁴ jiu³ gaau¹doi² aa³

要 唔 要 膠 袋 呀 ？

Please give me a plastic bag.

m⁴ goi¹ bei² jat¹ go³ gaau¹doi² ngo⁵

唔 該 俾 一 個 膠 袋 我 。

Plastic bag needs fifty cents. (Plastic bag costs fifty cents.)

gaau¹doi² jiu³ ng⁵ hou⁴ zi²

膠 袋 要 五 毫 子 。

I do not need plastic bag.

ngo⁵ m⁴ jiu³ gaau¹doi²

我 唔 要 膠 袋 。

4. 購買日用品 Buying daily necessities

🎧 e401.mp3

Madam: No detergent at home, you go to supermarket to buy one bottle. (There is no detergent at home. Could you please go to the supermarket to buy one.)

uk^1 kei^2 mou^5 sai^2 git^3 zing^1　　　nei^5 heoi^3 ciu^1 si^5
屋　企　冇　洗　潔　精　❶，　你　去　超　市

maai^5 jat^1 zeon^{1}faan^1 lai^4 laa^1
買　一　樽　返　嚟　啦　。

Helper: Understand, Madam. (Yes, Madam.)

ming^{4}baak^6　　taai^3 taai^2
明　白，　太　太　。

❶ 日常用品 Daily necessities

*只要把詞彙代入＿＿＿ ❶ 就可以造句 (Make sentences by substituting vocabulary items in ＿＿＿ ❶)

🎧 e402.mp3

toothbrush	toothpaste	dental floss
ngaa^4 caat^3	ngaa^4 gou^1	ngaa^4 sin^3
牙 刷	牙 膏	牙 線
towel	shampoo	conditioner
mou^4 gan^1	sai^2 tau^4 seoi^2	wu^6 faat^3 sou^3
毛 巾	洗 頭 水	護 髮 素
body wash	soap	bleach
muk^6 juk^6 lou^6	faan^1 gaan^2	piu^3 baak^6 seoi^2
沐 浴 露	番 梘	漂 白 水
laundry detergent	laundry bag/net	softener
sai^2 ji^1 fan^2	sai^2 ji^1 doi^2	jau^4 seon^6 zai^1
洗 衣 粉	洗 衣 袋	柔 順 劑
hanger	laundary clip	cotton swab
ji^1 gaa^2	ji^1 gep^2 / gaap^2	min^4 faa^1 paang^5
衣 架	衣 夾	棉 花 棒
tissue paper	toilet paper	insecticide
zi^2 gan^1	ci^3 zi^2	saat^3 cung^4 seoi^2
紙 巾	廁 紙	殺 蟲 水
mop	broom	rubber gloves
dei^6 to^1	sou^3 baa^2	gaau^1 sau^2 tou^3
地 拖	掃 把	膠 手 套
garbage bag	toilet pump	toilet brush
laap^6 saap^3 doi^2	ci^3 so^2 bam^1	ci^3 so^2 caat^2
垃 圾 袋	廁 所 泵	廁 所 刷

常用短句 Useful sentences

🎧 e403.mp3

These two detergents what difference? (What are the differences between these two detergents?)

ni¹ loeng⁵ zeon¹ sai² git³ zing¹ jau⁵ mat¹ je⁵ m⁴ tung⁴ aa³
呢 兩 樽 洗 潔 精 有 乜 嘢 唔 同 呀 ?

These two detergents differ in smell. (These two detergents are with different smell.)

ni¹ loeng⁵ zeon¹ sai² git³ zing¹ mei⁶ dou⁶ m⁴ tung⁴
呢 兩 樽 洗 潔 精 味 道 唔 同 。

Buy three bottles cheaper? (Would it be cheaper if I buy three bottles?)

maai⁵ saam¹ zeon¹ jau⁵ mou⁵ peng⁴ di¹ aa³
買 三 樽 有 冇 平 啲 呀 ?

Buy two bottles cheaper. (It will be cheaper if you buy two bottles.)

maai⁵ loeng⁵ zeon¹ peng⁴ di¹
買 兩 樽 平 啲 。

💬 5. 買衫及其他物品
Buying clothes and other items

🎧 e501.mp3

Helper: I want to buy this clothes, you have what colour? (I want to buy this, what colours do you have?)

ngo⁵soeng²maai⁵ni¹ gin⁶saam¹
我 想 買 呢 件 衫，

jau⁵ mat¹ je⁵ngaan⁴sik¹
有 乜 嘢 顏 色 ?

Salesperson: I have black and white.

jau⁵ hak¹ sik¹   tung⁴baak⁶ sik¹
有 黑 色 ❶ 同 白 色 ❶。

Helper: I want white, please.

ngo⁵ jiu³ baak³ sik¹   m⁴ goi¹
我 要 白 色 ❶， 唔 該 。

Salesperson: You want what size? (What size do you want?)

jiu³ mat¹ je⁵ maa⁵ aa³
要 乜 嘢 碼 呀 ?

Helper: Medium, please.

zung¹maa⁵   m⁴ goi¹
中 碼 ， 唔 該 。

❶ 顏色 Colour

*只要把詞彙代入 ＿＿ ❶ 就可以造句（Make sentences by substituting vocabulary items in ＿＿ ❶）

🎧 e502.mp3

black (colour) hak¹ sik¹ 黑 色	white (colour) baak³ sik¹ 白 色	blue (colour) laam⁴ sik¹ 藍 色
green (colour) luk⁶ sik¹ 綠 色	yellow (colour) wong⁴ sik¹ 黃 色	purple (colour) zi² sik¹ 紫 色
coffee colour (brown) gaa³ fe¹ sik¹ 咖 啡 色	rice colour (beige) mai⁵ sik¹ 米 色	pastel red (pink) fan²hung⁴sik¹ 粉 紅 色
light red (colour) cin²hung⁴sik¹ 淺 紅 色	deep red (colour) sam¹hung⁴sik¹ 深 紅 色	grey (colour) fui¹ sik¹ 灰 色
golden (colour) gam¹ sik¹ 金 色	silver (colour) ngan⁴ sik¹ 銀 色	bronze (colour) gu² tung⁴ sik¹ 古 銅 色

❷ 尺碼 Size *只要把詞彙代入 ＿＿ ❷ 就可以造句（Make sentences by substituting vocabulary items in ＿＿ ❷ ）

🎧 e503.mp3

XL gaa¹ daai⁶ maa⁵ 加 大 碼	L daai⁶ maa⁵ 大 碼	M zung¹ maa⁵ 中 碼
S sai³ maa⁵ 細 碼	XS gaa¹ sai³ maa⁵ 加 細 碼	

💬 6. 買小食、零食 Buying snacks

🎧 e601.mp3

Madam: Tonight I have party, you go to supermarket to buy these chocolate and potato chips please. (I am hosting a party tonight. Please go to the supermarket to buy these chocolate and potato chips.)

gam¹ maan⁵ hoi¹ party　　nei⁴ heoi³ ciu¹　si⁵ maai⁵ ni¹　di¹
今 晚 開 party，你 去 超 市 買 呢 啲

zyu¹ gu¹ lik¹　　tung⁴ syu⁴ pin²　　faan¹ lai⁴ laa¹
朱 古 力 ❶ 同 薯 片 ❶ 返 嚟 啦 。

Helper: Understand, Madam.

zi¹ dou³　　taai³ taai²
知 道 ， 太 太 。

❶ 零食 Snacks *只要把詞彙代入 _____ ❶ 就可以造句（Make sentences by substituting vocabulary items in _____ ❶）

🎧 e602.mp3

candies tong^2 糖	marshmallow min^4 faa^1 tong^2 棉 花 糖	nuts gwo^2 jan^4 果 仁
dried mango mong^1 gwo^2 gon^1 芒 果 乾	beef jerky ngau^4 juk^6 gon^1 牛 肉 乾	pork jerky zyu^1 juk^6 gon^1 豬 肉 乾
dried seaweed zi^2 coi^3 紫 菜	cup noodles bui^1 min^6 杯 麵	ice cream syut^3 gou^1 雪 糕
ice bar syut^3 tiu^2 雪 條	jelly ze^1 lei^2 啫 喱	pudding bou^3 din^1 布 甸
yogurt jyu^5 lok^6 乳 酪	cracker so^1 daa^{2}beng^2 梳 打 餅	cheese zi^1 si^2 芝 士
chewing gum hoeng^{1}hau^{2}gaau^1 香 口 膠	hot dog jit^6 gau^2 熱 狗	samosa gaa^3 lei^1 gok^3 咖 喱 角
french fries syu^4 tiu^2 薯 條	hamburger hon^{3}bou^{2}baau^1 漢 堡 包	deep fried chicken leg zaa^3 gai^1 bei^2 炸 雞 髀
deep fried chicken wing zaa^3 gai^1 jik^6 炸 雞 翼	pizza bok^6 beng^2 薄 餅	cookies kuk^1 kei^{4}beng^2 曲 奇 餅

Cola ho² lok⁶ 可 樂	seven up cat¹ hei² 七 喜	orange juice caang² zap¹ 橙 汁
fresh orange juice sin¹ zaa³ caang² zap¹ 鮮 榨 橙 汁	apple juice ping⁴ gwo² zap¹ 蘋 果 汁	beer be¹ zau² 啤 酒
red wine hung⁴ zau² 紅 酒	white wine baak⁶ zau² 白 酒	

▍常用短句 Useful sentences

🎧 e603.mp3

Please go and buy some curry fish balls.

m⁴ goi¹ nei⁵ heoi³ maai⁵ di¹ gaa³ lei¹ jyu⁴ daan² 。
唔 該 你 去 買 啲 咖 喱 魚 蛋

▍ 香港小食 Hong Kong snacks * 只要把詞彙代入 ＿＿＿
就 可 以 造 句 (Make sentences by substituting vocabulary items in ＿＿＿)

🎧 e604.mp3

bubble waffle gai¹ daan⁶ zai² 雞 蛋 仔	tea egg caa⁴ jip⁶ daan² 茶 葉 蛋	stinky bean curd cau³ dau⁶ fu⁶ 臭 豆 腐
fried chestnut caau² leot⁶ zi² 炒 栗 子	bubble tea zan¹ zyu¹ naai⁵ caa⁴ 珍 珠 奶 茶	

Taking care of the
elderly

照顧
老人篇

1. 照顧老人——家居
Taking care of the elderly —— at home

🎧 f101.mp3

Helper: In a while, where do you want to go? Madam asked me to go with you. (Where do you want to go? Madam asked me to go with you.)

外傭

jat¹ zan⁶ gaan¹ jiu³ heoi³ bin¹ dou⁶ aa³
一　陣　間　要　去　邊　度　呀　？

taai³ taai² giu³ ngo⁵ daai³ nei⁵ heoi³
太　太　叫　我　帶　你　去　。

Elderly (Male): Our television is not functioning, someone will come and repair. After that you accompany me to the park and take a walk please. (Our television set is out of order. Someone will come and repair it. After that, please accompany me to the park for a walk.)

老先生

ngo⁵ dei⁶ go³ din⁶ si⁶　　waai⁶ zo²　　jau⁵ jan⁴ lai⁴
我　哋　個　電　視 ❶ 壞　咗　，　有　人　嚟

zing² din⁶ si⁶　　zing² jyun⁴ zi¹ hau⁶ nei⁵ pui⁴ ngo⁵ heoi³
整　電　視　。　整　完　之　後　你　陪　我　去

gung¹ jyun²　　saan³ bou⁶　　aa¹
公　園 ❷ 散　步 ❸ 啦　。

❶ 電器 Electronic appliances * 只要把詞彙代入＿＿＿❶ 就可以造句 (Make sentences by substituting vocabulary items in ＿＿＿❶)

🎧 f102.mp3

stereo set jam¹ hoeng² 音 響	washing machine sai² ji¹ gei¹ 洗 衣 機	clothes dryer gon¹ ji¹ gei¹ 乾 衣 機
refrigerator syut³ gwai⁶ 雪 櫃	dish washing machine sai² wun² dip⁶ gei¹ 洗 碗 碟 機	water heater jit⁶ seoi² lou⁴ 熱 水 爐
vacuum cleaner kap¹ can⁴ gei¹ 吸 塵 機	microwave mei⁴ bo¹ lou⁴ 微 波 爐	oven guk⁶ lou⁴ 焗 爐
air-conditioner laang⁵ hei³ gei¹ 冷 氣 機	fan fung¹ sin³ 風 扇	dehumidifier cau¹ sap¹ gei¹ 抽 濕 機
gas stove mui⁴ hei³ lou⁴ 煤 氣 爐	heater nyun⁵ lou⁴ 暖 爐	computer din⁶ nou⁵ 電 腦
notebook computer sau² tai⁴ din⁶ waa² 手 提 電 腦		

❷ 地點 Places *只要把詞彙代入＿＿ ❷ 就可以造句（Make sentences by substituting vocabulary items in ＿＿ ❷ ）

🎧 f103.mp3

elderly centre lou⁵jan⁴zung¹sam¹ 老 人 中 心	hospital ji¹ jyun² 醫　院	health centre gin⁶hong¹jyun² 健 康 院
park gung¹ jyun² 公　園	wet market gaai¹ si⁵ 街　市	relatives' home can¹cik¹uk¹kei² 親 戚 屋 企
old people's home lou⁵ jan⁴ jyun² 老 人 院	Club house wui⁶ so² 會　所	friend's home pang⁴jau⁵uk¹kei² 朋 友 屋 企

❸ 活動 Activities* 只要把詞彙代入＿＿＿❸ 就可以造句（Make sentences by substituting vocabulary items in ＿＿＿❸）

 f104.mp3

see doctor tai² ji¹ sang¹ 睇 醫 生	body check san¹ tai² gim² caa⁴ 身 體 檢 查	take medicine lo² joek⁶ 攞 藥
join activities/ events caam¹ gaa¹ wut⁶ dung⁶ 參 加 活 動	do exercises zou⁶ wan⁶ dung⁶ 做 運 動	do Taichi daa² taai³ gik⁶ 打 太 極
play chess zuk¹ kei² 捉 棋	buy ingredients for cooking maai⁵ sung³ 買 餸	do shopping maai⁵ je⁵ 買 嘢
visit relatives taam³ can¹ cik¹ 探 親 戚	visit friends taam³ pang⁴ jau⁵ 探 朋 友	

▍常用短句 Useful sentences

🎧 f105.mp3

Are you cold? Do you need to wear more clothes?

nei⁵ dung³ m⁴ dung³ aa³　　sai² m⁴ sai² zoek³ do¹ gin⁶ saam¹ aa³
你 凍 唔 凍 呀 ？ 使 唔 使 着 多 件 衫 呀 ？

I am a bit cold.

ngo⁵ yau⁵ di¹ dung³
我 有 啲 凍 。

I want to take a nap.

ngo⁵ soeng² fan³ gaau³
我 想 瞓 覺 。

I want to go out.

ngo⁵ soeng² ceot¹ heoi³
我 想 出 去 。

I want to have a walk.

ngo⁵ soeng² haang⁴ haa⁵
我 想 行 吓 。

2. 帶老人睇病
Escorting the elderly to see a doctor

🎧 f201.mp3

Elderly (Male): I am a bit dizzy and my belly not feeling well. You accompany me to see doctor please. (I am a bit dizzy and my tummy is not feeling well. Please accompany me to see a doctor.)

老先生

ngo⁵ jau⁵ di¹ tau⁴ wan⁴　　ngo⁵ go³ tou⁵　dou¹
我　有　啲　頭　暈　❶ ， 我　個　肚　❷　都

jau⁵ di¹ m⁴ syu¹ fuk⁶　　nei⁵ pui⁴ ngo⁵ heoi³ tai²
有　啲　唔　舒　服 ，　你　陪　我　去　睇

ji¹ sang¹ laa¹
醫　生　啦 ！

Helper: I will accompany you. Going to clinic or hospital? (I will accompany you to see a doctor. Would you go to a clinic or go to a hospital?)

外傭

ngo⁵ daai³ nei⁴ heoi³
我　帶　你　去 。

heoi³ can² so² ding⁶ ji¹ jyun² aa³
去　診　所　定　醫　院　呀 ？

Elderly (Male): I want to see Dr. Chan, you help me to call and make appointment, this is her name card. (I would see Dr. Chan. Please call her and make an appointment for me. This is her name card.)

老先生

ngo⁵ soeng² heoi³ tai² Can⁴ ji¹ sang¹　　nei⁵ bong¹ ngo⁵
我　想　去　睇　陳　醫　生　，　你　幫　我

daa² din⁶ waa² jyu⁶ joek³
打　電　話　預　約　，

ni¹　go³　hai⁶ keoi⁵ ge³ kaat¹ pin²
呢　個　係　佢　嘅　咭　片　。

❶ 病徵 Symptoms* 只要把詞彙代入＿＿＿ ❶ 就可以造句 (Make sentences by substituting vocabulary items in ＿＿＿ ❶)

🎧 f202.mp3

fever faat³ siu¹ 發 燒	chills faat³ laang⁵ 發 冷	headache tau⁴ tung³ 頭 痛	abdominal pain tou⁵ tung³ 肚 痛
dizzy wan⁴ 暈	vomit au² 嘔	diarrhea tou⁵ o¹ 肚 痾	stuffed nose bei⁶ sak¹ 鼻 塞
runny nose lau⁴ bei⁶ tai³ 流 鼻 涕	have rash ceot¹ can² 出 疹	bleed lau⁴ hyut³ 流 血	red and swollen hung⁴ zung² 紅 腫
inflammation faat³ jim⁴ 發 炎	constipation bin⁶ bei³ 便 秘	shivering hands sau² zan³ 手 震	bruise jyu² 瘀
cough kat¹ 咳	foot paralysis goek³ bei³ 腳 痺		

❷ 身體部位 Body parts* 只要把詞彙代入____ ❷ 就可以造句

(Make sentences by substituting vocabulary items in ____ ❷)

🎧 f203.mp3

forehead	ear	mouth	neck
ngaak^{6}tau^4	ji^5 (zai^2)	zeoi^2	geng^2
額頭	耳（仔）	咀	頸
nose	face	eye	shoulder
bei^6	min^6	ngaan^5	bok^{3}tau^4
鼻	面	眼	膊頭
teeth	tongue	chin	throat
ngaa^4	lei^6	haa^{6}paa^4	hau^{4}lung^4
牙	脷	下巴	喉嚨
hand	finger	nail	wrist
sau^2	sau^2 zi^2	zi^2 gaap^3	sau^{2}wun^2
手	手指	指甲	手腕
arm	chest	waist	tummy
sau^2 bei^3	sam^{1}hau^2	jiu^1	tou^5
手臂	心口	腰	肚
leg	knee	thigh	calf
goek^3	sat^1 tau^4	daai^{6}bei^2	siu^2 teoi^2
腳	膝頭	大髀	小腿
toe	sole	heel	windpipe
goek^3 zi^2	goek^{3}baan^2	goek^{6}zaang^1	hei^3 gun^2
腳指	腳板	腳踭	氣管
lung	heart	liver	pancreas
fai^3	sam^{1}zong^6	gon^1	ji^4 zong^6
肺	心臟	肝	胰臟
stomach	kidney	intestines	gall
wai^6	san^6	coeng^2	daam^2
胃	腎	腸	膽

常用短句 Useful sentences

🎧 f204.mp3

You help me to call and make reservation. (Please help me to make a reservation by phone.)

nei⁵bong¹ngo⁵daa²din⁶waa²jyu⁶joek³

你 幫 我 打 電 話 預 約 。

You help me to make reservation. (Please help me to make a reservation.)

nei⁵bong¹ngo⁵jyu⁶joek³

你 幫 我 預 約 。

You help me to register (medical). (Please help me to make a medical appointment.)

nei⁵bong¹ngo⁵gwaa³hou⁶

你 幫 我 掛 號 。

You help me to measure temperature.

nei⁵bong¹ngo⁵taam³jit⁶

你 幫 我 探 熱 。

You help me to call Madam.

nei⁵bong¹ngo⁵daa²din⁶waa²bei²taai³taai²

你 幫 我 打 電 話 俾 太 太 。

Help me to call 999*

bong¹ngo⁵daa²gau²gau²gau²
幫 我 打 九 九 九 。

*999 is a phone number to call for emergency

Help me to call an ambulance.

bong¹ngo⁵giu³gau⁶wu⁶ce¹
幫 我 叫 救 護 車 。

Need to stay in hospital

jiu³ lau⁴ ji¹
要 留 醫 。

Stay in hospital and observe.

lau⁴jyun²gun¹caat³
留 院 觀 察 。

3. 陪老人住院
Staying with the elderly in hospital

🎧 f301.mp3

Doctor: You have minor stroke. You need to stay in the hospital for inspection.

醫生

nei⁵ jau⁵ hing¹ mei⁴ zung³ fung¹　jiu³ lau⁴ jyun² gun¹ caat³
你　有　輕　微　中　風　，　要　留　院　觀　察。

Elderly (Male): Ok, I ask my helper to go home and take something for me.

老先生

hou²　ngo⁵ giu³ gung¹ jan⁴ ze⁴ ze¹ faan¹ uk¹ kei²
好，　我　叫　工　人　姐　姐　返　屋　企

bong¹ ngo⁵ lo² di¹ je⁵
幫　我　攞　啲　嘢　。

Elderly (Male): Maria, you go home and help me to take some daily necessities. (Maria, please go home and take some daily necessities for me.)

老先生

Maria　nei⁵ faan¹ uk¹ kei² bong¹ ngo⁵ lo² di¹
Maria,　你　返　屋　企　幫　我　攞　啲

jat⁶ jung⁶ ban²
日　用　品　❶。

Helper: Understand, need to take what items? (Ok, what do you need?)

ming⁴baak⁶　　jiu³　lo²　mat¹　je⁵　ne¹
明　白　，　要　攞　乜　嘢　呢　?

Elderly (Male): Help me to take some pajamas. When Madam is back, she will come with you.

bong¹ngo⁵　lo²　di¹　fan³gaau³saam¹　　　taai³ taai²
幫　我　攞　啲　瞓　覺　衫　❶　，　太　太

faan¹ lai⁴　wui⁵ tung⁴ nei⁵ jat¹ cai⁴ gwo³ lai⁴
返　嚟　會　同　你　一　齊　過　嚟　。

Helper: Understand, need to cook what for you to eat? (I got it. Do I need to prepare something for you to eat?)

ming⁴baak⁶　　jiu³ zyu² mat¹ je⁵ bei² nei⁵ sik⁶ aa³
明　白　，　要　煮　乜　嘢　俾　你　食　呀　?

Elderly (Male): You cook some congee for me please. (Please prepare some congee for me.)

nei⁵ bou¹ di¹ zuk¹ bei² ngo⁵ laa¹
你　煲　啲　粥　俾　我　啦　。

❶ 住院用品 Necessities for hospital stay *只要把詞彙代入____❶ 就可以造句 (Make sentences by substituting vocabulary items in ____❶)

🎧 f302.mp3

tooth brush ngaa⁴ caat³ 牙 刷	tooth paste ngaa⁴ gou¹ 牙 膏	towel mou⁴ gan¹ 毛 巾
toilet paper ci³ zi² 廁 紙	tissue paper zi² gan¹ 紙 巾	shaver sou¹ paau² 鬚 刨
cup/glass bui¹ 杯	bowl wun² 碗	water bottle seoi² zeon¹ 水 樽
kettle seoi² wu² 水 壺	underwear dai² saam¹ 底 衫	underpants dai² fu³ 底 褲
pajamas seoi⁶ ji¹ 睡 衣	body wash cung¹loeng⁴ jik⁶ 沖 涼 液	shampoo sai² tau⁴ seoi² 洗 頭 水
sanitary napkin wai⁶sang¹gan¹ 衞 生 巾	adult diaper sing⁴jan⁴niu⁶pin² 成 人 尿 片	mask hau² zaau³ 口 罩

▌常用短句 Useful sentences

🎧 f303.mp3

Stay in a single room/ a double room/ a big room.

zyu⁶ daan¹ jan⁴ fong² / soeng¹ jan⁴ fong² / daai⁶ fong²
住 單 人 房 / 雙 人 房 / 大 房 。

Visiting time is from 11:00am to 2:00pm, 6:00pm to 8:00pm.

taam³ beng⁶ si⁴ gaan³ hai⁶ soeng⁶ zau³ sap⁶ jat¹ dim² dou³ haa⁶ zau³ loeng⁵ dim²
探 病 時 間 係 上 晝 十 一 點 到 下 晝 兩 點，

haa⁶ zau³ luk⁶ dim² dou³ je⁶ maan⁵ baat³ dim²
下 晝 六 點 到 夜 晚 八 點 。

It is meal time now.

ji⁴ gaa¹ hai⁶ sik⁶ faan⁶ si⁴ gaan³
而 家 係 食 飯 時 間 。

It is time for you to take medicine.

sik⁶ joek⁶ si⁴ gaan³ dou³ laa³
食 藥 時 間 到 喇 。

10:00 is sleeping time.

sap⁶ dim² hai⁶ fan³ gaau³ si⁴ gaan³
十 點 係 瞓 覺 時 間 。

4. 攞藥 Getting medicine

🎧 f401.mp3

Sir: Our old man can leave hospital and go home. I go to pay and take medicine. You accompnay him. (Our old man can leave the hospital and go home now. I am going to pay for the fees and take some medicine. Please stay with him.)

先生

lou⁵ sin¹ saang¹ ceot¹ dak¹ jyun² laa³　　ngo⁵ heoi³ bei² cin²
老　先　生　出　得　院　喇　。　我　去　俾　錢

tung⁴ lo² joek⁶　　nei⁵ pui⁴ zyu⁶ lou⁵ sin¹ saang¹ sin¹
同　攞　藥　。　你　陪　住　老　先　生　先　。

Helper: Understand, Sir.

外傭

ming⁴ baak⁶　　sin¹ saang¹
明　白　，　先　生　。

Sir: You need to help our old man to take medicine. These are painkillers. Four times a day, two pills every time. Take it before meal.

先生

nei⁵ jiu³ bong¹ lou⁵ sin¹ saang¹ sik⁶ joek⁶　　ni¹ di¹ hai⁶
你　要　幫　老　先　生　食　藥　。　呢　啲　係

zi² tung³ joek⁶　　mui⁵ jat⁶ sei³ ci³
止　痛　藥　❶　。　每　日　四　次　，

mui⁵ ci³ loeng⁵ nap¹　　faan⁶ cin⁴　　sik⁶
每　次　兩　粒　。　飯　前　❷　食　。

Helper: Understand, Sir

ming⁴baak⁶　　sin¹saang¹
明　白　，　先　生　。

❶ 藥物 Types of medicine *只要把詞彙代入＿＿＿❶ 就可以造句 (Make sentences by substituting vocabulary items in ＿＿ ❶)

🎧 f402.mp3

Antiemetic zi² ngau²joek⁶ 止 嘔 藥	Antipeony zi² o¹ joek⁶ 止 痾 藥	antibiotic kong³sang¹sou³ 抗 生 素
cough syrup zi² kat¹ seoi² 止 咳 水	cough pill zi² kat¹ jyun² 止 咳 丸	Aspirin aa³ si⁶ pat¹ning⁴ 阿 士 匹 靈
sleeping pill on¹ min⁴joek⁶ 安 眠 藥	Anti-dizziness zi² wan⁴joek⁶ 止 暈 藥	Stomach medicine wai⁶ joek⁶ 胃 藥
Cholesterol medicine daam²gu³seon⁴jeok⁶ 膽 固 醇 藥	Blood pressure medicine hyut³ aat³ joek⁶ 血 壓 藥	halo pill wan⁴long⁶jyun² 暈 浪 丸
vitamin pill wai⁴taa¹ming⁶jyun² 維 他 命 丸		

外傭廣東話秘笈

❷ 食藥時間 Time to take medicine* 只要把詞彙代入＿＿＿ ❷ 就可以造句（Make sentences by substituting vocabulary items in ＿＿＿ ❷

🎧 f403.mp3

morning ziu¹ zou² 朝　早	noon zung¹ ng⁵ 中　午	night je⁶ maan⁴ 夜　晚
before meal faan⁶ cin⁴ 飯　前	after meal faan⁶ hau⁶ 飯　後	before sleeping fan³gaau³cin⁴ 瞓　覺　前

常用短句 Useful sentences

🎧 f404.mp3

If no fever, no need to take. (No need to take this medicine if there is no fever.)

mou⁵siu¹ m⁴ sai² sik⁶
冇 燒 唔 使 食 。

If no diarrhea, no need to eat. (No need to take in case there is no diarrhea.)

mou⁵ o¹ m⁴ sai² sik⁶
冇 痾 唔 使 食 。

If no vomit, no need to eat. (No need to take if there is no vomit.)

mou⁵ngau²m⁴ sai² sik⁶
冇 嘔 唔 使 食 。

Take after taking stomach medicine.

sik⁶ zo² wai⁶ joek⁶ sin¹ sik⁶

食 咗 胃 藥 先 食 。

Eat with empty stomach. (Take before meals.)

hung¹ tou⁵ sik⁶

空 肚 食 。

Anti-biotics, need to finish eating all. (These are anti-biotics, you need to finish taking the whole cycle.)

kong³ sang¹ sou³ jiu³ sik⁶ saai³

抗 生 素 要 食 晒 。

5. 覆診 Medical follow up

🎧 f501.mp3

Elderly (Male): Today is what day of June? (What day of June is today?)

老先生

gam¹ jat⁶ hai⁶ luk⁶ jyut⁶   gei² hou⁶ aa³
今 日 係 <u>六 月</u> ❶ 幾 號 呀 ？

Helper: Today is the twenty first day of June.

外傭

gam¹ jat⁶ hai⁶ luk⁶ jyut⁶ jaa⁶ jat¹ hou⁶
今 日 係 六 月 <u>廿 一 號</u> ❷ 。

Elderly (Male): 21st of June I need to go to hospital to have medical follow-up. You accompany me to go. (I need to go to the hospital to have medical follow-up on 21st of June. Please accompany me to go.)

老先生

luk⁶ jyut⁶ zaa³ jat¹ hou⁶ ngo⁵ jiu² heoi³ ji¹ jyun²
六 月 廿 一 號 我 要 去 醫 院

fuk¹ can²   nei⁵ pui⁴ ngo⁵ heoi³ laa¹
覆 診 。 你 陪 我 去 啦 。

Helper: No problem.

外傭

mou⁵ man⁶ tai⁴
冇 問 題 。

❶ 月份 Month *只要把詞彙代入＿＿❶ 就可以造句（Make sentences by substituting vocabulary items in ＿＿❶）

🎧 f502.mp3

January jat¹ jyut⁶ 一 月	February ji⁶ jyut⁶ 二 月	March saam¹ jyut⁶ 三 月	April sei³ jyut⁶ 四 月
May ng⁵ jyut⁶ 五 月	June luk⁶ jyut⁶ 六 月	July cat¹ jyut⁶ 七 月	August baat³ jyut⁶ 八 月
September gau² jyut⁶ 九 月	October sap⁶ jyut⁶ 十 月	November sap⁶ jat¹ jyut⁶ 十 一 月	December sap⁶ ji⁶ jyut⁶ 十 二 月

❷ 日期 Day of the month * 只要把詞彙代入＿＿＿ ❷ 就可以造句 (Make sentences by substituting vocabulary items in ＿＿ ❷)

🎧 f503.mp3

first jat¹ hou⁶ 一 號	fifth ng⁵ hou⁶ 五 號	tenth sap⁶ hou⁶ 十 號
fifteenth sap⁶ ng⁵ hou⁶ 十 五 號	twentieth ji⁶ sap⁶ hou⁶ 二 十 號	
twenty second ji⁶ sap⁶ ji⁶ hou⁶ / jaa⁶ ji⁶ hou⁶ 二 十 二 號 / 廿 二 號		
twenty fifth ji⁶ sap⁶ ng⁵ hou⁶ / jaa³ ng⁵ hou⁶ 二 十 五 號 / 廿 五 號		
thirtieth saam¹ sap⁶ hou⁶ 三 十 號		
thirty first saam¹ sap⁶ jat¹ hou⁶ / sa¹ jat¹ hou⁶ 三 十 一 號 / 卅 一 號		

Taking care of children

照顧
兒童篇

1. 照顧兒童——家居
Taking care of children —— at home

🎧 g101.mp3

Helper: Child, need to go to school. Pack school bag together.
(Child, you need to go to school. Let's pack school bag together.)

外傭

siu² pang⁴ jau⁵　　jiu³ faan¹ hok⁶ laa³
小　朋　友　，　要　返　學　喇　。

jat¹ cai⁴ zap¹ syu¹ baau¹ laa¹
一　齊　執　書　包　啦　！

Child: Ok, today I need to bring drawing pens. Need to have drawing lesson. (Ok, I need to bring drawing pens today because I have drawing lesson.)

hou²　　gam¹ jat⁶　jiu³ daai³ waa² bat¹
好　，　今　日　要　帶　畫　筆　❶　。

jiu³ soeng⁵ waak⁶ waa²　　tong⁴
要　上　畫　畫　❷　堂　。

❶ 文具 Stationary* 只要把詞彙代入＿＿＿❶就可以造句 (Make sentences by substituting vocabulary items in ＿＿＿❶)

🎧 g102.mp3

pencil case bat¹ hap² 筆　盒	pencil jyun⁴ bat¹ 鉛　筆	ball pen jyun⁴ zi² bat¹ 原 子 筆
highlighter jing⁴gwong¹bat¹ 螢 光 筆	marker soeng¹tau⁴ bat¹ 箱 頭 筆	colour pencil muk⁶ngan⁴sik¹ 木 顏 色
water colour seoi² coi² 水　彩	crayon laap⁶ bat¹ 蠟　筆	ruler gaan³ cek² 間　尺
scissors gaau³ zin² 鉸　剪	sticky tape gaau¹ zi² 膠　紙	glue gaau¹ seoi² 膠　水
notebook gei² si⁶ bou² 記 事 簿	timetable si⁴ gaan³biu² 時 間 表	student's handbook sau² caak³ 手　冊
textbook gaau³ fo¹ syu¹ 教 科 書	graphic book tou⁴ waa² syu¹ 圖 畫 書	story book gu³ si⁶ syu¹ 故 事 書
homework gung¹ fo³ 功　課	calculator gai³ sou³ gei¹ 計 數 機	compasses jyun⁴ kwai¹ 圓　規
Chinese brush mou⁴ bat¹ 毛　筆	ink mak⁶ 墨	eraser caat³ gaau¹ 擦　膠

❷ 學校課程 School curriculum* 只要把詞彙代入 ＿＿＿ ❷ 就可以造句 (Make sentences by substituting vocabulary items in ＿＿＿ ❷)

🎧 g103.mp3

sports wan⁶dung⁶ 運動	music jam¹ngok⁶ 音樂	English jing¹man⁴ 英文	Chinese zung¹man⁴ 中文
Maths sou³hok⁶ 數學	general education soeng⁴sik¹ 常識	science fo¹hok⁶ 科學	religion zung¹gaau³ 宗教
ethics leon⁴lei⁵ 倫理	art mei⁵seot⁶ 美術		

▎常用短句 Useful sentences

🎧 g104.mp3

Faster eat meal. (Eat faster.)

faai^3 di^1 sik^6 faan^6
快 啲 食 飯 。

No time.

mou^5 si^4 gaan^3
冇 時 間 。

Will be late.

wui^5 ci^4 dou^3
會 遲 到 。

2. 送兒童返學
Escorting children to school

🎧 g201.mp3

Helper: Today typhoon signal number 1, do you need to go to school? (It is typhoon signal number 1 today. Do you need to go to school?)

外傭

gam¹ jat¹ jat¹ hou⁶fung¹kau⁴
今 日 一 號 風 球 ❶ ，

sai² m⁴ sai² faan¹hok⁶ aa³
使 唔 使 返 學 呀 ？

Child: Need to go to school, typhoon signal number 8 or black rain signal then I don't need to go to school. But today is birthday party, will leave school earlier. (I need to go to school today. We don't need to go to school only if it is typhoon signal number 8 or black rain signal. Today is birthday party. We will leave school earlier.)

小朋友

jiu³ aa³　　baat³hou⁶fung¹kau⁴tung⁴hak¹ sik¹ bou⁶ jyu⁵
要 呀 ， 八 號 風 球 同 黑 色 暴 雨

zau⁶ m⁴ sai² faan¹hok⁶　　bat¹ gwo³gam¹ jat⁶
就 唔 使 返 學 。 不 過 今 日

saang¹jat⁶ wui²　　zou² di¹ fong³hok⁶
生 日 會 ❷ ， 早 啲 放 學 。

❶ 天氣情況 Weather conditions* 只要把詞彙代入 ＿＿ ❶ 就可以造句 (Make sentences by substituting vocabulary items in ＿＿ ❶)

🎧 g202.mp3

typhoon toi⁴　fung¹ 颱　風	typhoon signal no. 1 jat¹ hou⁶ fung¹ kau⁴ 一　號　風　球
typhoon siqnal no. 3 saam¹hou⁶fung¹ kau⁴ 三　號　風　球	typhoon signal no. 8 baat³ hou⁶ fung¹kau⁴ 八　號　風　球
typhoon signal no. 9 gau² hou⁶fung¹ kau⁴ 九　號　風　球	typhoon signal no. 10 sap⁶ hou⁶fung¹ kau⁴ 十　號　風　球
Rainstorm bou⁶　jyu⁵ 暴　雨	dry weather tin¹ hei³ gon¹ cou³ 天　氣　乾　燥

yellow rainstorm warning wong⁴　sik¹　bou⁶　jyu⁵　ging²　gou³ 黃　色　暴　雨　警　告	
red rainstorm warning hung⁴　sik¹　bou⁶　jyu⁵　ging²　gou³ 紅　色　暴　雨　警　告	
black rainstorm warning hak¹　sik¹　bou⁶　jyu⁵　ging²　gou³ 黑　色　暴　雨　警　告	
very hot weather warning huk⁶　jit⁶　tin¹　hei³　ging²　gou³ 酷　熱　天　氣　警　告	

❷ 學校活動 School activities* 只要把詞彙代入____ ❷ 就可
以造句 (Make sentences by substituting vocabulary items in ____ ❷)

🎧 g203.mp3

birthday party saang¹jat⁶ wui² 生 日 會	Christmas party sing³daan³ 聖 誕 party	parents' day gaa¹zoeng² jat⁶ 家 長 日
open day hoi¹fong³ jat⁶ 開 放 日	sports day wan⁶dung⁶ jat⁶ 運 動 日	school picnic hok⁶haau⁶leoi⁵hang⁴ 學 校 旅 行
go out visit/outing ceot¹heoi³caam¹gun¹ 出 去 參 觀	teachers' training day gaau³ si¹ pui⁴ fan³ jat⁶ 教 師 培 訓 日	

▋ 常用短句 Useful sentences

🎧 g204.mp3

School event, early/late one hour leave school. (There is school event. We will leave school one hour earlier/later.)

hok⁶haau⁶wut⁶dung⁶　zou² ／　ci⁴ jat¹ go³zung¹fong³hok⁶

學 校 活 動 ， 早 ／ 遲 一 個 鐘 放 學 。

Today is school picnic, no need to pick up. (It is school picnic today. There is no need to pick up the children.)

gam¹jat⁶ hok⁶haau⁶leoi⁵hang⁴　　　m⁴ sai² zip³

今 日 學 校 旅 行 ❷ ， 唔 使 接 。

Today is parents' day, no need to go to school. (It is parents' day today. There is no need to go to school.)

gam¹jat⁶ gaa¹zoeng²jat⁶　　　m⁴ sai² faan¹hok⁶

今 日 家 長 日 ❷ ， 唔 使 返 學 。

3. 接兒童放學
Picking up children after school

🎧 g301.mp3

Helper: Today is Wednesday, after school you need to go to interest group. (It is Wednesday today. You need to go to interest group after school today.)

外傭

gam¹ jat⁶ sing¹ kei⁴ saam¹　　fong³ hok⁶ zi¹ hau⁶
今 日 星 期 三 ❶ ， 放 學 之 後

jiu³ heoi³ hing³ ceoi³ baan¹
要 去 興 趣 班 。

Child: Right, today I learn violin. Need to go to Tsim Sha Tsui.(Right, I learn violin today and I need to go to Tsim Sha Tsui.)

小朋友

hai⁶ aa³　　gam¹ jat⁶ hok⁶ siu² tai² kam⁴
係 呀 ， 今 日 學 小 提 琴 ❷ ，

jiu³ heoi³ Zim¹ Saa¹ Zeoi²
要 去 尖 沙 咀 。

❶ 星期 Day of the week
*只要把詞彙代入 ❶ 就可以造句 (Make sentences by substituting vocabulary items in ___ ❶)

🎧 g302.mp3

Monday sing¹ kei⁴ jat¹ 星 期 一	Tuesday sing¹ kei⁴ ji⁶ 星 期 二	Wednesday sing¹ kei⁴ saam¹ 星 期 三
Thursday sing¹ kei⁴ sei³ 星 期 四	Friday sing¹ kei⁴ ng⁵ 星 期 五	Saturday sing¹ kei⁴ luk⁶ 星 期 六
Sunday sing¹ kei⁴ jat⁶ 星 期 日		

❷ 興趣班 Interest group
*只要把詞彙代入 ___ ❷ 就可以造句 (Make sentences by substituting vocabulary items in ___ ❷)

🎧 g303.mp3

learn drawing hok⁶ waak³ waa² 學 畫 畫	learn English hok⁶ jing¹ man⁴ 學 英 文	learn Maths hok⁶ sou³ hok⁶ 學 數 學
learn Chinese hok⁶ zung¹ man⁴ 學 中 文	learn piano hok⁶ gong³ kam⁴ 學 鋼 琴	learn cello hok⁶ daai⁶ tai⁴ kam⁴ 學 大 提 琴

learn harmonica hok⁶ hau² kam⁴ 學 口 琴	learn accordion hok⁶sau²fung¹kam⁴ 學 手 風 琴	learn playing drums hok⁶ daa² gu² 學 打 鼓
learn playing guitar hok⁶taan⁴git³taa¹ 學 彈 結 他	learn saxophone hok⁶sik¹ si⁶ fung¹ 學 色 士 風	learn flute hok⁶coeng⁴dek² 學 長 笛
learn clarinet hok⁶daan¹wong⁴gun² 學 單 簧 管	learn guzheng (Chinese instrucment) hok⁶ gu² zang¹ 學 古 箏	learn trumpet hok⁶ceoi¹laa³baa¹ 學 吹 喇 叭
learn to dance hok⁶ tiu³ mou⁵ 學 跳 舞	learn ballet hok⁶baa¹leoi⁴mou⁵ 學 芭 蕾 舞	learn modern dance hok⁶jin⁶ doi⁶mou⁵ 學 現 代 舞

常用短句 Useful sentences

🎧 g304.mp3

Need to bring "pick up card".

jiu³ daai³ zip³ sung³ kaat¹

要 帶 接 送 卡 。

Forget to bring "pick up card", need to use identity card to register.

m⁴ gei³ dak¹ daai³ zip³ sung³ kaat¹　jung⁶ san¹ fan² zing³ dang¹ gei³

唔 記 得 帶 接 送 卡 ， 用 身 份 證 登 記 。

Forget to bring identity card.

m⁴ gei³ dak¹ daai³ san¹ fan² zing³

唔 記 得 帶 身 份 證 。

4. 照顧兒童——日常
Taking care of children —— everyday

🎧 g401.mp3

Helper: Today no interest group, after school where to go? (There is no interest group today. Where do you want to go after school today?)

外傭

gam¹ jat⁶ mou⁵hing³ceoi³baan¹
今 日 冇 興 趣 班 ，

fong³hok⁶ zi¹ hau⁶ jiu³ heoi³ bin¹
放 學 之 後 要 去 邊 ？

Child: Today after school I want to go to Club House. (I want to go to the Club House after school today.)

小朋友

gam¹ jat⁶ fong³hok⁶ zi¹ hau⁶ ngo⁵soeng²heoi³wui⁶ so²
今 日 放 學 之 後 我 想 去 會 所 ❶。

Helper : Go to Club house for what? Does Madam know? (Why do you go to the Club House? Does Madam know?)

外傭

heoi³Wui⁶ so² zou⁶ mat¹ je⁵ aa³
去 會 所 做 乜 嘢 呀 ？

taai³ taai² zi¹ m⁴ zi¹ gaa³
太 太 知 唔 知 㗎 ？

Child: My mother knows, I want to play table tennis with my classmates. (My mother knows. I want to play table tennis with my classmates there.)

小朋友

maa⁴ maa¹ zi¹ dou³　　ngo⁵ soeng² tung⁴ tung⁴ hok⁶
媽 媽 知 道 ，　我 想 同 同 學

daa² bing¹ bam¹ bo¹
打 乒 乓 波 ❷ 。

❶ **地點 Places** *只要把詞彙代入____ ❶ 就可以造句 (Make sentences by substituting vocabulary items in ____ ❶)

🎧 g402.mp3

school hok⁶ haau⁶ 學 校	shopping mall soeng¹ coeng⁴ 商 場	interest group hing³ ceoi³ baan¹ 興 趣 班
Hong Kong style restaurant caa⁴ caan¹ teng¹ 茶 餐 廳	park gung¹ jyun² 公 園	Club house wui⁶ so² 會 所
Club house restaurant wui⁶ so² caan¹ teng¹ 會 所 餐 廳	children playground ji⁴ tung⁴ jau⁴ lok⁶ coeng⁴ 兒 童 遊 樂 場	
classmate's home tung⁴ hok⁶ uk¹ kei² 同 學 屋 企	grandfather's home (father side) je⁴ je² uk¹ kei² 爺 爺 屋 企	grandfather's home (mother side) gung⁴ gung¹ uk¹ kei² 公 公 屋 企

❷ **活動 Acivities** *只要把詞彙代入_____❷就可以造句（Make sentences by substituting vocabulary items in _____❷）

🎧 g403.mp3

visit grandfather taam³ je⁴ je² 探 爺 爺	see grandfather gin³ gung⁴ gung¹ 見 公 公	go to interest group heoi³ hing³ ceoi³ baan¹ 去 興 趣 班
eat sik⁶ je⁵ 食 嘢	play waan² 玩	play with classmates tung⁴ tung⁴ hok⁶ waan² 同 同 學 玩
play balls daa² bo¹ 打 波		

💬 5. 照顧幼兒 Taking care of infants

🎧 g501.mp3

Madam: Come here to help.

太太

gwo³ lai⁴ bong¹ bong¹ sau²
過 嚟 幫 幫 手 。

Helper: Madam, what can I help?

外傭

taai³ taai² jau⁵ mat¹ je⁵ si⁶ ne¹
太 太 ， 有 乜 嘢 事 呢 ？

Madam: Bring a diaper and come over to help changing diaper.

太太 lo² tiu⁴ niu⁶ pin² gwo³ lai⁴ bong¹ sau²
攞條尿片 ❶ 過嚟幫手
wun⁶ niu⁶ pin²
換尿片 ❷ 。

Helper: Understand, Madam.

外傭 ming⁴ baak⁶ taai³ taai².
明白，太太。

❶ 幼兒用品 Infant necessities

*只要把詞彙代入 ____ ❶ 就可以造句 (Make sentences by substituting vocabulary items in ____ ❶)

g502.mp3

diaper niu⁶ pin² 尿片	formula milk powder naai⁵ fan² 奶粉	milk bottle naai⁵ zeon¹ 奶樽
teat naai⁵ zeoi² 奶咀	wet wipes sap¹ zi² gan¹ 濕紙巾	

❷ **工作 Work** *只要把詞彙代入＿＿＿❷就可以造句 (Make sentences by substituting vocabulary items in ＿＿＿❷)

🎧 g503.mp3

change diaper wun⁶ niu⁶ pin² 換 尿 片	boil water bou¹ seoi² 煲 水	prepare milk (formular milk powder) hoi¹ naai⁵ 開 奶
cook baby paste zyu² wu² zai² 煮 糊 仔	buy tissue maai⁵ zi² gan¹ 買 紙 巾	shower cung¹ loeng⁴ 沖 涼
wash baby's butt sai² 洗　pat pat	milk feed (formula milk powder) wai³ naai⁵ 餵 奶	wash milk bottle sai² naai⁵zeon¹ 洗 奶 樽
wash teat sai² naai⁵zeoi² 洗 奶 咀	boil milk bottle saap⁶naai⁵zeon¹ 焓 奶 樽	boil teat saap⁶naai⁵zeoi² 焓 奶 咀
see doctor tai² ji¹ sang¹ 睇 醫 生	go to health center heoi³gin⁶hong¹jyun² 去 健 康 院	inject daa² zam¹ 打 針
weight bong⁶ cung⁵ 磅 重	go to hospital heoi³ ji¹ jyun² 去 醫 院	

6. 突發事件 Emergency situations

🎧 g601.mp3

Helper: Madam, baby seems have fever and have rash. (Madam, it seems that the baby is having fever and rash.)

taai³ taai²   hou² ci⁵ faat³ siu¹
太 太 ， BB 好 似 <u>發 燒</u> ❶

tung⁴ ceot¹ can²
同 <u>出 疹</u> ❶ 。

Madam: Take a thermometer to help him measure temperature. (Please take a thermometer to measure his temperature.)

lo² zi¹ taam³ jit⁶ zam¹ tung⁴ keoi⁵ taam³ jit⁶
攞 支 探 熱 針 同 佢 探 熱 。

Helper: Madam, 39 degree.

taai³ taai²   saam¹ sap⁶ gau² dou⁶
太 太 ， 三 十 九 度 。

Madam: Maybe chicken pox, I help baby wear clothes, you take diaper and water. We go to hospital. (It might be chicken pox. I will help baby change clothes. You take some diapers and water. We are going to the hospital.)

ho² nang⁴ ceot¹ seoi² dau²   ngo⁵ bong¹   zeok³ saam¹
可 能 出 <u>水 痘</u> ❷ ， 我 幫 BB 著 衫，

nei⁵ lo² niu⁶ pin² tung⁴ seoi²   ngo⁵ dei⁶ heoi³ ji¹ jyun²
你 攞 尿 片 同 水 。 我 哋 去 醫 院。

Helper: Understand, Madam.

ming⁴baak⁶　　taai³ taai²
明　白　，　太　太　。

● 病徵 Symptoms ＊只要把詞彙代入＿＿＿ ① 就可以造句（Make sentences by substituting vocabulary items in ＿＿＿ ①）

🎧 g602.mp3

fever faat³ siu¹ 發 燒	chills faat³laang⁵ 發 冷	headache tau⁴tung³ 頭 痛	abdominal pain tou⁵tung³ 肚 痛
dizzy wan⁴ 暈	vomit au²/ngau² 嘔	diarrhea tou⁵ o¹ 肚 痾	stuffed nose bei⁶ sak¹ 鼻 塞
runny nose lau⁴bei⁶tai³ 流 鼻 涕	have rash ceot¹can² 出 疹	bleed lau⁴hyut³ 流 血	red and swollen hung⁴zung² 紅 腫
inflammation faat³ jim⁴ 發 炎	constipation bin⁶ bei³ 便 秘	shiver zan³ 震	bruise jyu² 瘀
cough kat¹ 咳	asthenia cyun⁴san¹mou⁵ lik⁶ 全 身 冇 力		

❷ 幼兒疾病 Infant sickness* 只要把詞彙代入＿＿ ❷ 就可以造句 (Make sentences by substituting vocabulary items in ＿＿ ❷)

🎧 g603.mp3

chicken pox seoi² dau² 水 痘	cold soeng¹ fung¹ 傷 風	influenza gam² mou⁶ 感 冒
diaper rash niu⁶ bou³ can² 尿 布 疹	umbilical cord inflammation ci⁴ daai²faat³ jim⁴ 臍 帶 發 炎	
sprain aau² caai⁴ 拗 柴	neonatal jaundice wong⁴taan² 黃 疸	parasites gei³ sang¹ cung⁴ 寄 生 蟲

常用短句 Useful sentences

🎧 g604.mp3

Drink more water.

jam² do¹ di¹ seoi²
飲 多 啲 水 。

Sleep more.

fan³ do¹ di¹ gaau³
瞓 多 啲 覺 。

Temporarily cannot drink milk. (Cannot drink milk temporarily.)

zaam⁶si⁴ m⁴ zam² dak¹naai⁵
暫 時 唔 飲 得 奶 。

Cannot eat baby paste.

m⁴ sik⁶ dak¹ wu² zai²
唔 食 得 糊 仔 。

Need to stay in the hospital.

jiu³ lau⁴ ji¹
要 留 醫 。

Stay in the hospital for inward observation.

lau⁴ jyun²gun¹caat³
留 院 觀 察 。

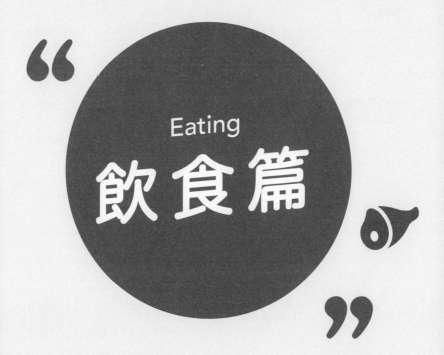

Eating

飲食篇

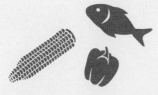

1. 食譜——雞肉
Recipe —— chicken meat
🎧 h101.mp3

Helper: Child, what do you want to eat today?

外傭

siu² pang⁴ jau⁵　　gam¹ yat⁶ soeng² sik⁶ mat¹ je⁵ aa³
小 朋 友 ， 今 日 想 食 乜 嘢 呀 ？

Child: I want to eat Cola Chicken wings.

小朋友

ngo⁵ soeng² sik⁶ ho² lok⁶ gai¹ jik⁶
我 想 食 可 樂 雞 翼 。

Helper: Understand.

外傭

zi¹ dou³
知 道 。

sik⁶ pou²　　ho² lok⁶ gai¹ jik⁶
食 譜 ： 可 樂 雞 翼
Recipe: Cola Chicken wings
🎧 h102.mp3

Ingredients
co⁴ liu²
材 料

chicken wings
gai¹ jik⁶
雞 翼

Cola
ho² lok⁶
可 樂

dark soy sauce
lou⁵ cau¹
老 抽

salt
jim⁴
鹽

spring onion
cung¹
葱

ginger
goeng¹
薑

water
seoi²
水

Cooking method
zyu² faat³
煮 法

1. Wash the chicken wings, use boiled water to boil for a while; take the chicken wings out and use warm water to wash;

   gai¹ jik⁶ sai² gon¹zeng⁶　jung⁶gwan²seoi²coek³ jat¹ coek³
   雞 翼 洗 乾 淨 ， 用 滾 水 灼 一 灼 ；

   lo² ceot lai⁴ jung⁶wan¹seoi²sai² gon¹zeng⁶
   攞 出 嚟 用 溫 水 洗 乾 淨 ；

2. Wash the spring onion and ginger, shred the ginger, cut spring onion into small pieces;

goeng¹cung¹sai² gon¹zeng⁶ goeng¹cit³ si¹ cung¹ cit pin²

薑 葱 洗 乾 淨 ， 薑 切 絲 ， 葱 切 片 ；

3. Burn the frying pan with oil, start frying ginger and spring onion, then put the chicken wings, pan fry until the surface turns yellow;

hei² jau⁴ wok⁶ baau³hoeng¹goeng¹cung¹ fong³ gai¹ jik⁶

起 油 鑊 ， 爆 香 薑 葱 ， 放 雞 翼

zin¹ dou³ biu² min⁶ siu² siu²wong⁴

煎 到 表 面 少 少 黃 ；

4. Add some dark soy sauce and fry, then pour Cola into the frying pan;

gaa¹ siu² siu² lou⁵ cau¹faan¹caau²zi¹ hau⁶dou² ho² lok⁶ jap⁶heoi³

加 少 少 老 抽 翻 炒 之 後 倒 可 樂 入 去 ；

5. Add some water, then add salt to adjust taste;

gaa¹ jap⁶ siu² siu² seoi² ji¹ hau⁶gaa¹ jim⁴ tiu⁴ mei⁶

加 入 少 少 水 之 後 加 鹽 調 味 ；

6. Cook on high heat for a while, then turn to medium heat and stew for a while;

daai⁶ fo² zyu² jat¹ zan⁶ zi¹ hau⁶ goi² zung¹ sai³ fo² maan⁶maan²man¹

大 火 煮 一 陣 之 後 改 中 細 火 慢 慢 燜 ；

7. Stew until the chicken wings are well-cooked, turn to high heat and cook until the chicken wings are dried.

gai¹ jik⁶ man¹suk⁶ zi¹ hau⁶ hoi¹ daai⁶ fo² sau¹ gon¹seoi²

雞 翼 燜 熟 之 後 ， 開 大 火 收 乾 水

zau⁶ dak¹ laa³

就 得 喇 。

2. 食譜——牛肉、羊肉
Recipe —— beef and mutton

🎧 h201.mp3

Madam: Today I want to eat steam beef with spicy pickles.

太太

ngo⁵ gam¹ jat⁶ soeng² sik⁶ zaa³ coi³ zing¹ ngau⁴ juk⁶
我 今 日 想 食 榨 菜 蒸 牛 肉 。

Helper: Understand, Madam.

外傭

Ming⁴baak⁶   taai³ taai²
明 白 ， 太 太 。

sik⁶ pou²   zaa³ coi³ zing¹ ngau⁴ juk⁶
食 譜 ： 榨 菜 蒸 牛 肉
Recipe: steam beef with spicy pickles

🎧 h202.mp3

Ingredients
co⁴ liu²
材 料

beef tender
ngau⁴ lam¹ juk⁶
牛 冧 肉

Chinese spicy pickles
zaa³ coi³
榨 菜

soy sauce
saang¹cau¹
生 抽

sugar
tong⁴
糖

corn flour
suk¹ fan²
粟 粉

sesame oil
maa⁴ jau⁴
麻 油

Cooking method
zyu² faat³
煮 法

1. Wash the beef and the Chinese pickles;
   sai² hou² ngau⁴ juk⁶ tung⁴ zaa³ coi³
   洗 好 牛 肉 同 榨 菜 ；

2. Mix the beef with soy sauce, sugar, corn flour and marinated for 5 to 10 minutes;
   zoeng¹ ngau⁴ juk⁶ tung⁴ saang¹ cau¹　　tong⁴　　suk¹ fan² gaau² wan⁴
   將 牛 肉 同 生 抽 、 糖 、 粟 粉 攪 勻

   jip³ ng⁵ zi³ sap⁶ fan¹ zung¹
   醃 五 至 十 分 鐘 ；

3. Put the Chinese pickles evenly on the dish. Put the beef on top of the Chinese pickles;
   zoeng¹ zaa³ coi³ si¹ gwan¹ wan⁴ paai² jap⁶ dip²　　ngau⁴ juk⁶ ping⁴ pou¹
   將 榨 菜 絲 均 勻 擺 入 碟 ， 牛 肉 平 鋪

   hai² zaa³ choi³ si¹ biu² min⁶
   喺 榨 菜 絲 表 面 ；

4. Use the frying pan to boil water, put the marinated beef dish into the frying pan (use a stand to hold the dish), steam on high heat for about 4 minutes.

jung⁶wok⁶bou¹seoi²　zeong¹jip⁶hou²ge³ngau⁴juk⁶fong³jap⁶wok⁶
用　鑊　煲　水　，　將　醃　好　嘅　牛　肉　放　入　鑊

zing¹　jung⁶daai⁶fo²zing¹daai⁶zoek³sei³fan¹zung¹zau⁶dak¹
蒸　，　用　大　火　蒸　大　約　四　分　鐘　就　得　。

常用短句 Useful sentences

🎧 h203.mp3

The beef meat is very tender.

di¹ngau⁴juk⁶hou²nam⁴
啲　牛　肉　好　腍　。

The beef meat is very rough, cannot use salt to marinate beef.

di¹ngau⁴juk⁶hou²haai⁴　m⁴ho²ji⁵jung⁶jim⁴jip⁶ngau⁴juk⁶
啲　牛　肉　好　嚡　，　唔　可　以　用　鹽　醃　牛　肉　。

The beef meat is very chewy, next time no need to steam for too long (time).

di¹ngau⁴juk⁶hou²ngan⁶　haa³ci³m⁴sai²zing¹gam³noi⁶
啲　牛　肉　好　韌　，　下　次　唔　使　蒸　咁　耐　。

3. 食譜——豬肉、冷凍食物
Recipe —— pork and frozen ingredients

🎧 h301.mp3

Sir: I want to eat steam mince pork with salty eggs, do you know how to make it?

ngo⁵ gam¹ jat⁶ soeng² sik⁶ haam⁴ daan² zing¹ juk⁶ beng²
我 今 日 想 食 鹹 蛋 蒸 肉 餅 ，

nei⁵ sik¹ m⁴ sik¹ zing² aa³
你 識 唔 識 整 呀 ？

Helper: No problem, Madam taught me before, I know how to cook.

mou⁵ man⁶ tai⁴   taai³ taai² gaau³ gwo³ ngo⁵
冇 問 題 ， 太 太 教 過 我 ，

ngo⁵ sik⁶ zyu²
我 識 煮 。

sik⁶ pou²   haam⁴ daan² zing¹ juk⁶ beng²
食 譜 ： 鹹 蛋 蒸 肉 餅
Recipe: steam mince pork with salty egg

🎧 h302.mp3

Ingredients
co⁴ liu²
材 料

minced pork (half fat)
zyu¹ juk⁶ seoi³ (bun³ fei⁴ sau⁶)
豬 肉 碎 （半 肥 瘦）

salty egg
haam⁴daan²
鹹　蛋

soy sauce
saang¹cau¹
生　抽

corn flour
saang¹fan²
生　粉

salt
jim⁴
鹽

oil
jau⁴
油

Cooking method
zyu² faat³
煮　法

1. Mix the minced pork with soy sauce, corn flour, salt, oil and marinated for a while, spread the marinated pork evenly on the dish;

zoeng¹zyu¹ juk⁶ seoi³jung⁶saang¹cau¹　saang¹fan²　jim⁴
將 豬 肉 碎 用 生 抽 、 生 粉 、 鹽 、

jau⁴gaau²wan⁴　jip³ jat¹ zan⁶　gwan¹wan⁴ping⁴pou¹ lok⁶ dip²
油 攪 匀 ， 醃 一 陣 ， 均 匀 平 鋪 落 碟；

2   Put the salty egg yolk on top of and in the middle the pork, put the dish into refrigerator for half an hour;

zyu¹ juk⁶ zung¹ gaan¹ fong³ haam⁴ daan² wong²　　fong³ jap⁶ syut³ gwai⁶

豬 肉 中 間 放 鹹 蛋 黃 ， 放 入 雪 櫃

syut³ bun³ go³ zung¹ tau⁴

雪 半 個 鐘 頭 ；

3   After boiling the water, put the dish on the water (support with a stand) and steam for 10 to 12 minutes, steam until the pork are well done.

seoi² gwan² zi¹ hau⁶　　jung⁶ daai⁶ fo² gaak³ seoi² zing¹ daai⁶ joek³

水 滾 之 後 ， 用 大 火 隔 水 蒸 大 約

sap⁶ zi³ sap⁶ ji⁶ fan¹ zung¹　　zik⁶ zi³ zyu¹ juk⁶ suk⁶ tau⁶

十 至 十 二 分 鐘 ， 直 至 豬 肉 熟 透 。

▎常用短句 Useful sentences

🎧 h303.mp3

The pork meatloaf is very tender and smooth.

juk⁶ beng² hou² waat⁶

肉 餅 好 滑 。

The pork is very rough, next time no need to steam for too long (time).

di¹ juk⁶ hou² haai⁴　　haa³ ci³ m⁴ sai² zing¹ gam³ noi⁶

啲 肉 好 嗐 ， 下 次 唔 使 蒸 咁 耐 。

Not salty enough.

m⁴ gau³haam⁴
唔 夠 鹹 。

Too salty.

taai³haam⁴
太 鹹 。

 4. 食譜──海鮮
Recipe ─ seafood

 h401.mp3

Elderly (Female): Today I bought some shrimps, very fresh. Do
you know how to cook shrimps with eggs?

老太太

gam¹ jat⁶ ngo⁵maai⁵ zo² di¹ haa¹　hou² san¹ sin¹
今 日 我 買 咗 啲 蝦 ， 好 新 鮮 。

nei⁵ sik¹ m⁴ sik¹ zyu² waat⁶daan²haa¹ jan⁴ aa³
你 識 唔 識 煮 滑 蛋 蝦 仁 呀 ?

Helper: I know how to cook, but not well. Our old lady, could you
teach me?

外傭

ngo⁵ sik¹ zyu²　bat¹ gwo³ zyu² dak¹ m⁴ hou²
我 識 煮 ， 不 過 煮 得 唔 好 。

lou⁵ taai³ taai² nei⁵ gaau⁶ngo⁵　dak¹ m⁴ dak¹ aa³
老 太 太 你 教 我 ， 得 唔 得 呀 ?

Elderly (Female): Ok, I teach you.

 老太太　hou² ， ngo⁵ gaau³ nei⁵
好 ， 我 教 你 。

sik⁶ pou²　waat⁶ daan² haa¹ jan⁴
食 譜 ： 滑 蛋 蝦 仁
Recipe: fried shrimps with eggs

🎧 h402.mp3

Ingredients
co⁴ liu²
材 料

egg
gai¹ daan²
雞 蛋

shrimp
haa¹
蝦

spring onion
cung¹
葱

ginger
goeng¹
薑

salt
jim⁴
鹽

chicken powder
gai¹ fan²
雞 粉

> **Cooking method**
> zyu² faat³
> 煮 法

1. Take off the shell of the shrimps, then use salt to marinate for 10 minutes. Remove the shrimp intestines and wash;

haa¹mok¹hok³ zi¹ hau⁶jung⁶ siu² siu² jim⁴ jip³ sap⁶ fan¹zung¹

蝦 剝 殼 之 後 用 少 少 鹽 醃 十 分 鐘 ，

heoi³haa¹coeng²tung⁴ sai² gon¹zeng⁶

去 蝦 腸 同 洗 乾 淨 ；

2. Burn the frying pan with oil and put ginger slice, then fry the shrimps until it is medium done and take the shrimps out from the frying pan;

jit⁶ hou² jau⁴ wok⁶lok⁶goeng¹pin²　　fong³ haa¹caau²dou³baat³sing⁴

熱 好 油 鑊 落 薑 片 ， 放 蝦 炒 到 八 成

suk⁶ lo² hei²

熟 攞 起 ；

3. Add and mix some chicken powder and salt into the stirred egg, burn the frying pan with oil, put the egg into the frying pan and stir with chopsticks or shovel continuously, cook until the egg is medium done then put the shrimps. Use shovel to stir continuously until it is almost done, add some spring onion flakes then finish.

gaa¹ siu² siu² gai¹ fan² tung⁴ jim⁴ jap⁶ daan²zoeng¹　　zi¹ hau⁶

加 少 少 雞 粉 同 鹽 入 蛋 漿 ， 之 後

gaau²wan⁴　　jit⁶ hou²wok⁶　　jat¹ ding⁶ jiu³ jit⁶

攪 勻 ， 熱 好 鑊 （ 一 定 要 熱 ），

fong³ daan² zoeng¹ jung⁶ faai³ zi² waak⁶ ze² wok⁶ caan² bat¹ ting⁴
放 蛋 漿 用 筷 子 或 者 鑊 鏟 不 停

maan⁶ maan² gaau³ wan⁴ daan² zoeng¹   daai⁶ joek³ cat¹ sing⁴ suk⁶ gaa¹ jap⁶
慢 慢 攪 匀 蛋 漿 ， 大 約 七 成 熟 加 入

haa¹   jung⁶ wok⁶ caan² gai³ zuk⁶ dau¹ wan⁴ zik⁶ zi³ ca¹ m⁴ do¹
蝦 ， 用 鑊 鏟 繼 續 兜 匀 直 至 差 唔 多

suk⁶ zau⁶ sik¹ fo²   gaa¹ jap⁶ cung¹ faa¹ zau⁶ ho² ji⁵ soeng⁵ dip²
熟 就 熄 火 ， 加 入 葱 花 就 可 以 上 碟。

▍常用短句 Useful sentences

🎧 h403.mp3

The egg is very tender and smooth.

di¹ daan² hou² waat⁶
啲 蛋 好 滑 。

The shrimps are very tender and smooth.

di¹ haa¹ hou² waat⁶
啲 蝦 好 滑 。

Fried very nice.

caau² dak¹ hou² leng³
炒 得 好 靚 。

Too spicy.

taai³ laat⁶
太 辣 。

A bit sour.

jau⁵ di¹ syun¹syun¹dei²
有 啲 酸 酸 哋 。

A bit bitter.

jau⁵ di¹ fu²
有 啲 苦 。

5. 食譜──瓜菜
Recipe ── vegetables

 h501.mp3

Helper: Sir, today the vegetable (Choi sum) is very nice, can I cook boil Choi sum?

sin¹saang¹　gam¹ jat⁶ coi³ sam¹ hou² leng³　ngo⁵ zyu²
先 生 ， 今 日 菜 心 好 靚 ， 我 煮

baak⁶coek³coi³ sam¹ hou² m⁴ hou² aa³
白 灼 菜 心 好 唔 好 呀 ？

Sir: Good.

先生

hou² aa³
好 呀 ！

sik⁶ pou² baak⁶coek³ coi³ sam¹
食 譜 ： 白 灼 菜 心
Recipe: boiled vegetables (Choi Sum)

🎧 h502.mp3

Ingredients
co⁴ liu²
材 料

Choi sum
coi³ sam¹
菜 心

ginger slice
goeng¹ si¹
薑 絲

oil
jau⁴
油

mashed garlic
syun³jung⁴
蒜 蓉

salt
jim⁴
鹽

chicken powder
gai¹ fan²
雞 粉

Cooking method
zyu² faat³
煮 法

1. Wash the Choi sum;
zoeng¹ coi³ sam¹ sai² gon¹ zeng⁶
將 菜 心 洗 乾 淨 ；

2. Put water into the frying pan, add salt, a bit of oil, ginger slice then cook with high heat;
dou² dung³ seoi² jap⁶ wok⁶ gaa¹ jim⁴　siu² siu² jau⁴　goeng¹ si¹
倒 凍 水 入 鑊 加 鹽 、 少 少 油 、 薑 絲，

zi¹ hau⁶ daai⁶ fo² zyu²
之 後 大 火 煮 ；

3. Put the Choi sum into the boiled water, normally cook for 1 to 2 minutes.
seoi² gwan² zi¹ hau⁶ dou² jap⁶ sai² gon¹ zeng⁶ ge³ coi³ sam¹
水 滾 之 後 倒 入 洗 乾 淨 嘅 菜 心 ，

jat¹ bun¹ zyu² loeng⁵ fan¹ zung¹ zo² jau²
一 般 煮 兩 分 鐘 左 右 ；

4. Put some ginger slices and mashed garlic on top of the Choi sum.
coi³ sam¹ soeng⁵ min⁶ baai² goeng¹ si¹ tung⁴ syun³ jung⁴
菜 心 上 面 擺 薑 絲 同 蒜 蓉 ；

5. Use another frying pan, heat some oil;
jung⁶ ling⁶ jat¹ go³ wok⁶　zoeng¹ jau⁴ gaa¹ jit⁶
用 另 一 個 鑊 ， 將 油 加 熱 ；

6　Pour the hot oil onto the ginger slices and mashed garlic.

zoeng¹ jit⁶ jau⁴ lam⁴ hai²goeng¹ si¹ tung⁴syun³ jung⁶soeng⁶min⁶
將 熱 油 淋 喺 薑 絲 同 蒜 蓉 上 面 。

6. 食譜——豆腐
Recipe —— bean curd

🎧 h601.mp3

Helper: Sir, tonight I try to cook Ma Po bean curd.

sin¹saang¹　　ngo⁵gam¹maan⁵soeng² si³ haa⁵ zyu²
先 生 ， 我 今 晚 想 試 吓 煮

maa⁴ po⁴ dau⁶ fu⁶
麻 婆 豆 腐 。

Sir: Good. I want to eat.

先生

Hou² aa³　　ngo⁵ dou¹soeng² sik⁶
好 呀 。 我 都 想 食 。

sik⁶ pou²　　maa⁴ po⁴ dau⁶ fu⁶
食 譜 ： 麻 婆 豆 腐
Recipe: Ma Po bean curd (spicy)

🎧 h602.mp3

Ingredients
co⁴ liu²
材 料

bean curd
dau⁶ fu⁶
豆 腐

pork (minced)
zyu¹ juk⁶
豬 肉

mashed salted soybean
dau⁶ si⁶
豆 豉

spring onion
cung¹
葱

mashed ginger
goeng¹ mut⁶
薑 末

mashed garlic
syun³ jung⁴
蒜 蓉

spicy mashed broad bean paste
laat⁶ dau⁶ baan² zoeng³
辣 豆 瓣 醬

corn flour dissolved in water
sang¹ fan² seoi²
生 粉 水

Cooking method
zyu² faat³
煮　法

1. Chop the spring onion into pieces;
cung¹ cit³ siu² dyun⁶
葱　切　小　段　；

2. Cut the bean curd into small pieces, put some water into the frying pan and cook the bean curd with medium or fine heat, cooked for a while and take the bean curd from the frying pan;
dau⁶ fu⁶　cit³ sing⁴ sai³ faai³　　wok⁶fong³jap⁶dung³seoi²
豆　腐　切　成　細　塊　，　鑊　放　入　凍　水　，

fong³jap⁶ dau⁶ fu⁶ jung⁶zung¹sai³ fo² gaa¹ jit⁶　　zyu² jat¹ zan⁶
放　入　豆　腐　用　中　細　火　加　熱　，　煮　一　陣

lo² hei² dau⁶ fu⁶
攞　起　豆　腐　；

3. Heat the frying pan (no need to use oil), stir fry the minced pork, fry slowly until the pork turns brown colour;
wok⁶gaa¹ jit⁶　（　m⁴ sai² gaa¹ jau⁴　）　　zik⁶ zip³ lok⁶
鑊　加　熱　（　唔　使　加　油　）　，　直　接　落

zyu¹ juk⁶　　maan⁶maan⁵caau² zi³ juk⁶ mut⁶ bin³ sing⁴ fe¹ sik¹
豬　肉　，　慢　慢　炒　至　肉　末　變　成　啡　色　；

4. Add some ginger and garlic, fry until you can smell the fragrant, then put some spicy broad bean paste and cook until you can see red oil;

gaa¹ jap⁶goeng¹syun⁶mut⁶　　caau²ceot¹hoeng¹hei³

加 入 薑 蒜 末 ， 炒 出 香 氣 ，

fong³ laat⁶ dau⁶baan²zoeng⁶　　caau²ceot¹hung⁴jau⁴

放 辣 豆 瓣 醬 ， 炒 出 紅 油 ；

5. Add some hot oil along the side of the frying pan, fry with high heat;

zeoi³hau⁶jyun⁴wok⁶bin¹ gaa¹ siu² siu² jit⁶ jau⁴　　hoi¹ daai⁶ fo²

最 後 沿 鑊 邊 加 少 少 熱 油 ， 開 大 火

zyu² jat¹ zan⁶

煮 一 陣 。

6. Pour the meat sauce onto the cooked bean curd.

zoeng¹juk⁶zoeng³laam⁴hai² zi¹ cin⁴ zyu² hou² ge³ dau⁶ fu⁶ soeng⁶min⁶

將 肉 醬 淋 喺 之 前 煮 好 嘅 豆 腐 上 面

zau⁶ dak¹

就 得 。

7. 食譜——煲湯
Recipe —— boil soup

🎧 h701.mp3

Helper: Sir, could you teach me how to boil soup. Our old lady wants to drink soup. (Madam, could you teach me how to make some soup. Our old lady wants to have some soup.)

sin¹saang¹　ho² m⁴ ho² ji⁵ gaau³ngo⁵ bou¹tong¹ aa³
先 生 ， 可 唔 可 以 教 我 煲 湯 呀?

lou⁵ taai³ taai² soeng²jam²tong¹
老 太 太 想 飲 湯 。

Sir: Good, I teach you how to boil green radish and carrot pork bone soup.

hou²　　ngo⁵gaau³ nei⁵ bou¹
好 ， 我 教 你 煲

ceng¹hung⁴ lo⁴ baak⁶zyu¹gwat¹tong¹laa¹
青 紅 蘿 蔔 豬 骨 湯 啦 。

sik⁶ pou²　　ceng¹hung⁴ lo⁴ baak⁶zyu¹gwat¹tong¹
食譜 ： 青 紅 蘿 蔔 豬 骨 湯
Recipe: green radish and carrot pork bone soup

🎧 h702.mp3

Ingredients
co⁴ liu²
材 料

carrot
hung⁴ lo⁴ baak⁶
紅 蘿 蔔

green radish
ceng¹lo⁴ baak⁶
青 蘿 蔔

corn
suk¹ mai⁵
粟 米

pork bone
zyu¹gwat¹
豬 骨

sweet dates
mat⁶zou²
蜜 棗

sweet and bitter
apricot kernels
naam⁴bak¹hang⁶
南 北 杏

dried peel
gwo²pei⁴
果 皮

water
seoi²
水

Cooking method
zyu² faat³
煮　法

1. Unpeel the green radish and carrot, wash and cut into pieces; wash the corn and chop into pieces;

   ceng¹　hung⁴ lo⁴ baak⁶heoi³pei⁴ sai² gon¹zeng⁶　cit³ gin²
   青 、 紅 蘿 蔔 去 皮 洗 乾 淨 ， 切 件 ；

   suk¹ mai⁵ sai² gon¹zeng⁶ cit⁶ dyun⁶
   粟 米 洗 乾 淨 切 段 ；

2. Wash the sweet dates and apricot kernels;

   mat⁶ zou²　naam⁴ bak¹ hang⁶　gwo² pei⁴ jung⁶ seoi² cung¹ jat¹ cung¹
   蜜 棗 、 南 北 杏 、 果 皮 用 水 沖 一 沖 ；

3. Wash the blood of the pork bone away;

   zyu¹ gwat¹ cung¹ zau² hyut³ seoi²　sai² gon¹ zeng⁶
   豬 骨 沖 走 血 水 ， 洗 乾 淨 ；

4. Put some cold water into the pot, put all ingredients into the pot (when the water is cold), boil with high heat for 30 minutes;

   fong³ dung³ seoi² jap⁶ bou¹　so² jau⁵ coi⁴ liu²
   放 凍 水 入 煲 ， 所 有 材 料

   dung³ seoi² lok⁶　daai⁶ fo² gwan² saam¹ sap⁶ fan¹ zung¹
   （ 凍 水 落 ） ， 大 火 滾 三 十 分 鐘 ；

5. After it is boiled, take away the foam on the water surface;

bou¹gwan²zi¹ hau⁶ pit³ zau² seoi²min⁶soeng⁶zyu¹ juk⁶ bou¹ceot¹
煲 滾 之 後 撇 走 水 面 上 豬 肉 煲 出

lai⁴ ge³ pou⁵
嚟 嘅 泡 ；

6. Turn to medium and fine heat and boil for 2 hours. Turn off the heat and put salt for taste.

jin⁴ hau⁶zyun³zung¹ sai³ fo² bou¹loeng⁵go³ zung¹tau⁴
然 後 轉 中 細 火 煲 兩 個 鐘 頭 。

sik¹ fo² lok⁶ jim⁴ tiu⁴ mei⁶ zau⁶ dak¹
熄 火 落 鹽 調 味 就 得 。

外傭
廣東話
秘笈

Cantonese for Domestic Helpers

作者
李兆麟

錄音
李兆麟　　陳泳因

責任編輯
周宛媚

美術設計
馮景蕊

排版
劉葉青

出版者
萬里機構出版有限公司
香港北角英皇道 499 號北角工業大廈 20 樓
電話：2564 7511　傳真：2565 5539
電郵：info@wanlibk.com
網址：http://www.wanlibk.com
　　　http://www.facebook.com/wanlibk

發行者
香港聯合書刊物流有限公司
香港新界大埔汀麗路36號
中華商務印刷大廈3字樓
電話：(852) 2150 2100　傳真：(852) 2407 3062
電郵：info@suplogistics.com.hk

承印者
中華商務彩色印刷有限公司
香港新界大埔汀麗路36號

出版日期
二零二零年三月第一次印刷